衛斯理小說典藏版 58

U0164697

奇門

衛斯理
親自演繹衛斯理
《奇門》

新之又新的序言，最新的

衛斯理小説從第一次出版至今，歷時已近半世紀，總共出了多少正版，還能計得清，若是連盜版一起算，那就算找外星人來算，也算勿清楚哉！不知能不能也算世界紀錄。

算得清好，算勿清也好，能幾十年來不斷出新版，説明不斷有讀者加入，對作者來説，沒有更值得高興的事了，謝謝所有喜歡衛斯理的人，謝謝謝謝。

二〇二〇年六月四日 香港

幾句話

寫了四十多年小說，論者將拙作分為三個時期：早、中、晚。在明窗出版的一批，屬於早期和中期的上半。三個時期的創作風格有相當程度的不同，所以風評不一。本人並無偏愛，但讀友對早期的作品，頗有好評，大抵是由於在早、中期作品之中，主要人物精力充沛，活力無窮，所以使故事曲折多變，小說也就格外吸引。明窗出版社此次重新出版這批作品，正好讓大家來證明這一點。

四十餘年來，新舊讀友不絕，若因此而能有新讀友，不亦快哉！

二〇〇五年十一月六日

序言

《奇門》是衛斯理故事中相當奇特的一個，因為它有一個天然的繼續故事：《天書》。

然而《奇門》又是完全獨立的，可以只看《奇門》，不看《天書》，而且，在創作《奇門》的時候，根本未曾想到，在若干年之後，又會有一本《天書》。

《奇門》故事的設想，是衛斯理故事中一個新的嘗試，故事中有一個極其美麗的金髮美人，可是卻孤獨愁苦，堪稱是地球上最悲苦的人——米倫太太的美麗和她的不幸的遭遇，很多讀者都為之欷歔，也有覺得這樣的安排，太「悲劇」了，但，又有什麼辦法呢，人類的宇宙飛行，只不過是開始，已經有了不少悲劇，或許，宇宙探索這件事的本身，就是一宗悲劇！

「想徹底明白宇宙的秘奧，不是太不自量力了麼？」

那是《奇門》的結束語。

人類，最愛做的事，就是不自量力！

衛斯理（倪匡）

一九八六年八月十八日

香港

目錄

第一部

價值連城的紅寶石

有的時候，人生的際遇是很難料的，一件全然不足為奇的事，發展下去，可以變成一件不可思議的怪事，像「奇門」這件事就是。

在這幾個月中，新的奇事一直困擾着我，那實在是一件神秘之極的事，所以使我非將之先寫出來不可，這件事，就是現在起所記述的「奇門」。

必須要解釋的是：「奇門」兩字，和中國的「奇門遁甲」無關，它的意思，就是一扇奇怪的門而已，當然，一切奇怪的事，也都和一扇奇怪的門略有關聯。

閒言少說，言歸正傳。

整件事，是從一輛華貴的大房車開始的，不，不應該說是從那輛房車開始，而應該說，從那隻突然從街角處竄出來的那隻癩皮狗開始。

事情開始的時候，我正駕着車子，準備去探望一個朋友，那朋友是集郵狂，他說他新近找到了一張中國早期郵票中的北京老版二元宮門倒印票，非逼我去欣賞不可，我對集郵也很有興趣，自然答應了他。

但是，當我離家只不過十分鐘，車子正在疾馳中的時候，一隻癩皮狗突然自對面竄了過來，如果我不讓牠，那牠一定要被車子撞得腦漿迸裂了。

我對駕駛術十分有研究，要在那樣的情形下避開這樣的一條冒失癩皮狗，本來是輕而易舉的事情，但是，當我的車頭一側，恰好避過了那頭癩皮狗時，橫街上的一輛灰白色的大房車，突然衝了出來。

我連忙煞車，可是已經遲了。

那結果是可想而知的，「蓬」地一聲響，兩車相撞，我的車子已然停了下來，但是那輛大得霸道的房車卻還未曾煞住，它向前直衝而出，撞在對街的一個郵筒之上，將那個郵筒，撞成了兩截。

我連忙跳下車，趕過了馬路，在大城市中，一有了什麼意外，看熱鬧的人，便會從四面八方湧了過來，當我奔到了那輛房車旁邊的時候，已經有十多個人聚集在車子的旁邊，我向其中一個看來十分斯文的人一指，道：「別看熱鬧，快去報警！」

那人呆了一呆，但立時轉身走了開去，我又推開了兩個好奇地向車中張望的人，打開車門，在司機位上坐着的，是一個穿著得十分華麗的中年婦人。

那時候，她已經昏迷了過去，額角上還有血流出，車頭玻璃裂而未碎，看來她的傷勢，也不會太重，幾分鐘之後，救傷車和警車也全都趕到了現場。

各位如果以為這件事以後的發展，和那個駕車婦人，或是那輛車子有什麼關聯的話，那就料錯了，我一開頭已寫明白，事情只不過從那輛大房車開始而已！

警車來了之後，我是應該到警局去一次的，我可能在警局耽擱不少時間，所以我先要打一個電話去通知我那位集郵狂的朋友，我和一位警官打了一個招呼，便向最近的一家雜貨舖走去，去借電話。

我還未曾走到雜貨舖，有兩三個頑童，在我的身邊奔了過去，其中一個且撞了我一下！

當那個頑童一下了撞到我身上的時候，我唯恐他跌倒，所以伸手將他扶住，可是那頑童卻將他手中的一封信，迅速地拋在我的腳下，用力一掙，逃走了！

我呆了一呆，彎身從地下拾起那封信來，那封信的信封是很厚的牛皮紙，一看便知道那是用厚牛皮紙來自製而成的，而且，整封信都相當沉重，我伸手捏了一捏，信封中好像不止是信，而且還有一些堅硬的物事。

那些堅硬的物事，看來像是一柄鑰匙。

我在一看到那封信的時候，還不知道為什麼那頑童一被我扶住，就要將信拋掉，但是當我向信封上一看之際，我便明白了那頑童為什麼驚惶失措了。

剛才，那輛大房車在打橫直衝過馬路時，一撞在那郵筒上，將郵筒撞成了兩截，有不少信散落在地上，看熱鬧的頑童便將之拾了起來。而他們拾信的目的，也非常明顯，因為那封信上的郵票已被撕去了！

信還在郵筒之中，信封上的郵票，自然是還未蓋過印的，雖然是小數目，但在頑童的心目中，已是意外之喜了。

我當時拿了這封信在手，第一個反應，自然是想立即將之送回郵筒去，可是我卻立即改變了主意，因為那頑童撕郵票的時候，十分匆忙，所以，在將郵票撕下的時候，將信封上的牛皮紙，撕去了一層，恰好將收信人的地址，撕去了一大半。

信封上全是英文寫的，在還可以看得到的字迹上，顯示出信封是寄到一個叫作「畢列支」的地方，那地方是在地球上的哪一角落，我無法知道，因為紙已被撕去了一層。

而收信人的名字還在，那是「尊埃牧師」，而且，發信人的地址，也十分清楚，那就是離此不遠處，我一抬頭，就可以看到那條街的。在發現了那些之後，我改變了主意，將那封信，放進了我的袋中。

我當然不是準備吞沒那封信，而是因為那封信，已無法按址寄達。而那封信之所以不能寄達目的地，是由於頑童撕去了郵票時弄壞了信封，頑童之所以能得到這封信，卻是因為那輛大房車撞壞了郵筒，而大房車又是在和我相撞了之後，才撞向郵筒的，所以追根究源，全是我的關係。

我心中已打定了主意，等我在警局的手續完畢了之後，我便去訪問那位發信人，請他在信封上加上地址，那麼我就可以將信貼上郵票，再去投寄了。

我在雜貨舖中打好了電話，又駕着自己的車，和警車一齊同到了警局，在警局中，我已知道那個婦人只不過受了一點輕傷，已經出院回家了。

我在警局也沒有耽擱了多久，便已辦完了手續，我走出了警局，我的車子只不過車頭上癟進了一塊，並沒有損壞，所以，我很快就來到了那封信的發信人地址。

那是一幢十分普通的房子，坐落在一條相當幽靜的街道上，我上了三樓，按了門鈴，門打開了一道縫，一個十一二歲的小姑娘問道：「找誰啊？」

我看了那封信，才道：「我找米倫太太，她是住在這裏的，是麼？」

我自然根本不認識那個米倫太太，只不過因為那信封上寫着，發信人是「圖書路十七號三樓」的米倫太太而已。

那小姑娘一聽，立時瞪大了眼，用一種十分奇怪的神色望着我，道：「你找米倫太太？你怎麼認識她的？從來也沒有人找她的，你是中國人，是不是？」

她向我問了一連串的問題，直到她問到了我是不是中國人之際，我才發現那小姑娘雖然也是黑頭髮，黑眼睛，但是她卻並不是中國人，她可能是墨西哥人或西班牙人。

那小姑娘望着我時的那種訝異的神情，看來十分有趣，我點頭道：「是的，我是中國人，米倫太太是什麼地方人，西班牙還是墨西哥？」

那小姑娘道：「墨西哥，我們全是墨西哥人，你是米倫太太的朋友？我們從來也未曾聽說她有過中國朋友！」

我無法猜知那小姑娘和這位米倫太太的關係，而那小姑娘又像是不肯開門給我，所以我不得不道：「我可以見一見她麼？」

「見一見她？」小姑娘立時尖聲叫嚷了出來，同時，臉上更現出一種難以形容的神色來，像是我所說的，根本是不可能實現的事一樣，但是我所說的，卻是最普通的事，我只不過想見一見米倫太太而已。

或許，這位米倫太太，是一位孤獨的老太婆，或者，她是一個很怪的怪人，因為那小朋友說她是從來也沒有朋友的，但是，聽了我的話之後，反應如此之強烈，這卻多少也使我感到一點意外，不知是為了什麼。

我重複道：「是的，我想見一見她，為了一件小事。」

「可是，」那小姑娘的聲音，仍然很尖，「可是她已經死了啊！」

「死了？」我也陡地吃了一驚，這實在是我再也想不到的一件事，我本來立時想說「那不可能」的，但是，那小姑娘的神情，卻又絕沒有一點和我開玩笑之意。

「是啊，半年前已經死了。」那小姑娘補充着說。

我更加懷疑了，我道：「這不可能吧，我知道她寄過一封信，是寄給尊埃牧師的，那封信，只怕是今早投寄的，她怎可能在半年之前，已經死去？」

那小姑娘不好意思地笑了笑，道：「這封信……是我寄的。」

我更加莫名其妙了，道：「可是，那封信卻註明發信人是米倫太太的，小妹妹，你可有弄錯麼？」

小姑娘總算將門打了開來，一面讓我走進去，一面道：「你是郵政局的人員麼？事情是這樣的，米倫太太——」

她的話還未曾講完，便聽得廚房中傳來了一個十分粗暴的女人聲音，問道：「姬娜，你和什麼人在講話？」

「媽媽！」小姑娘忙叫着，「一位先生，他是來找米倫太太的！」

那小姑娘有一個十分美麗的名字，我向廚房望去，只見一個身形十分高大的婦人，從廚房中走了出來。

我連忙準備向那婦人行禮，可是當我向那婦人一看間，我不禁大吃了一驚！

我從來也沒有看到過如此難看的女人。姬娜是一個十分美麗的小姑娘，而她竟叫那麼難看的女人為「媽媽」，這實在是令人難以想像的一件怪事！

雖然明知道這樣瞪住了人家看，是十分不禮貌的事，但是我的眼光仍然停留在那婦人的臉上，達半分鐘之久。

我絕不是有心對那婦人無禮，而是那婦人的樣子實在太可怕了，是以我在一望到了她之後，我的眼光竟然無法自她的臉上移開去，好在這時是白天，如果是黑夜的話，我一定會忍不住高聲呼叫起來的。

而且，必須明白的是，我卻不是一個膽子小的人！

我不但膽子不小，而且，足迹遍天下，見過各種各樣，奇形怪狀的事，可是就未曾見過一個那麼可怖的婦人，她頭部的形狀，好像是用斧頭隨意在樹上砍下來的一段硬木，她一隻眼睛可怕地外突着，而另一隻眼睛，則顯然是瞎的，眼皮上有許多紅色的瘰癧。

她的鼻子是挺大的，再加上她厚而外翻的上唇，就這兩部分來看，她倒像是一頭狒狒——雖然她的眼睛，比狒狒還要可怕得多，她的牙齒參差不齊。

她這時，正用圍裙在抹着濕手，而且，我還看到，在她的臉上和手上，有着許多傷痕，像是刀傷。

當我從震驚中定過神來之際，我看到那婦人可怕的臉上，已有了怒意（那是加倍的可怕）！

她那一隻幾乎突出在眼眶之外的眼睛瞪着我，啞聲道：「你是誰？你來和我的女兒說些什麼事情？」

那小姑娘——姬娜則叫道：「媽媽，這位先生是來找米倫太太的，他提及那封信，媽，你還記得麼？就是米倫太太臨死前叫我們交的信，但是我們卻忘記了，一直放了半年，到今早才找出來。」

我多少有點明白事情的真相了，米倫太太，可能是和姬娜母女一齊居住的一位老太太。而這位老太太在臨死之前，曾托她們交一封信，而她們卻忘記了，一直耽擱了半年之久，直到今天早上才找出。

而當這封信還在郵筒之中，尚未被郵差取走之時，那輛大房車便將郵筒撞斷，這封信因為十分重，所以郵票也貼得多些，是以被頑童注意，將之偷走，而又將上面的郵票撕去，因之弄得地址不清。

而也因為這一連串的關係，我才按址來到了這裏，見到了可愛的姬娜，和她那位如此可怕的母親。

我想通了一切，剛想開口道及我的來意時，那婦人已經惡聲惡氣地道：「那封信有什麼不妥了！你是誰？」

我勉強在我的臉上擠出了一個微笑來，道：「有小小的不妥，夫人。」我又取出了那封信，道：「你看，信封上的地址被撕去了，如果你記得信是寄到什麼地方去的，那麼，就請你告訴我，謝謝你。」

我已經準備結束這件事了。

因為，那婦人將地址一講出來，我寫上，貼上郵票，再將之投入郵筒，那不就完了麼？

我心中在想，總不會巧成那樣，又有一個冒失鬼，再將郵筒撞斷的！

那婦人笑了起來，她的笑聲，其實十足像是被人掐住了喉嚨時所發出來的喘息聲，她道：「信是寄到什麼地方去的？米倫太太還有什麼寄信的地方？那當然是墨西哥了，你快走吧，別打擾我們了！」

她雖然下了逐客令，但是我還是不能不多留一會兒。

我又道：「那麼，請問是墨西哥什麼地方？因為信上的地址，全被撕去了，只有『畢列支』一個字，那可能是什麼橋吧？」

那婦人瞪着她那隻突出的單眼，道：「墨西哥什麼地方？我不知道，姬娜你可知道麼？嗯？」

姬娜搖着頭，她那一頭可愛的黑髮，左右搖晃着，道：「我不知道，媽媽，我從來也沒有注意過。」

那婦人攤開了手，道：「你看，我們不知道，你走吧！」

在那一剎間，我也真的以為事情沒有希望了，而且，我已知道那封信是被積壓了半年之久的，就算有什麼急事，那也早已成為過去的事情了。所以，我已準備躬身退出。

可是，就在那婦人一攤手之間，我卻陡地呆了一呆。我在那一瞬間，看到那婦人的手上，戴着一隻鑲有紅得令人心頭震驚的紅寶石戒指！

那是極品的紅寶石（我對珠寶有着極度的愛好和相當深刻的研究），這種紅寶石的價格，遠在同樣體積大小的上等鑽石之上，那婦人戴這枚戒指的方式也十分特別，她不是將鑲有寶石的一面向外，而是將那一面向裏，所以，只有她攤開手來時，我才看得見。

這樣的一枚紅寶石戒指，和這樣的一個婦人，是無論如何都不相稱的！

而我的震驚神態，也顯然立時引起了對方的注意，她連忙縮回手去，並且將手緊緊地握住，那樣，那塊極品紅寶石，就變成藏在她的掌心之中了。

我在那片刻間，心中生出了極度的疑惑來：這樣可怕的婦人是什麼人？何以她住在那樣普通的地方，又要親自操作家務，但是她卻戴着一隻那樣驚人的紅寶石戒指。這一隻戒指，照我的估計，價值是極駭人的。

而且，上好的紅寶石，世上數量極少，並不是有錢一定能買得到的東西。一樣東西，到了有錢也買不到的時候，那麼它的價值自然更加驚人了！

我在剎那間，改變了我立即離開她們的主意。老實說，我突然改變主意，並不為了什麼，我只是好奇而已。

我原是一個好奇心十分強烈的人，我真想弄清楚那可怕的婦人的來歷和那枚紅寶石戒指的由來。

我故意不提起那枚戒指，我咳嗽了一聲，道：「你看，這封信中，好像還附有什麼東西，可能這是一封十分重要的信——」

那婦人突然打斷了我的話頭，道：「我們已經說過，不知道米倫太太要將信寄到什麼地方去的。」

我陪着笑，道：「那麼，米倫太太可有什麼遺物麼？」

那婦人立時張大了口，看她的樣子，分明是想一口回絕我了，但是小姑娘姬娜卻搶着道：「媽媽，米倫太太不是有一口箱子留下來麼？那隻紅色的大箱子。」

那婦人立時又道：「那不干這位先生的事，別多嘴！」

我仍然在我的臉上擠出笑容來，道：「夫人，你看，這封信是寄給尊埃牧師的，或許，在米倫太太的遺物之中，有着尊埃牧師的地址。她已死了，她死前想寄出這封信，你總不希望死者的願望不能實現吧？」

我知道，墨西哥人是十分迷信，而且相當尊敬死人的，這一點，和中國人倒是十分相似的。

果然，我最後的一句話生了效，那婦人遲疑了一下，道：「好，你不妨來看看，但你最好盡快離去，我的丈夫是一個醉鬼，當他看到屋中有一個陌生男人的話——」

我聽到這裏，實在忍不住笑，我要緊緊地咬住了唇，才不致於笑出聲來。一個男人有了這樣的一個妻子，而居然還要擔心的話，那麼他必然是醉鬼無疑了！

我低着頭，直到可以控制自己不再笑了，我才敢抬起頭來，跟着她，走進了一間房間，姬娜也跟了進來。那間房間十分小，房間中只有一張單人牀，在單人牀之旁的，則是一隻暗紅色的木頭箱子。

那箱子也不是很大，這時正被豎起來放着，當作牀頭几用。在箱子的上面，則放着一個神像。

那個神像好像是銅製的，年代一定已然十分久遠了，因為它泛着一種十分黝黯的青黑色。我第一眼看到它，便被它吸引住了，因為我竟無法認出那是什麼神來，這個神像有一張十分奇怪的臉，戴着一頂有角的頭盔，手中好像持着火炬，他的腳部十分大。

而那隻箱子上，則刻着十分精緻的圖案，刻工十分細膩，絕不可能出於現代的工匠之手！

這兩件東西，和那張單人牀，也是絕不相配稱的。

那婦人道：「這就是米倫太太的房間，和她在生之前一樣，這箱子就是她的。」

從那箱子，那神像，我忽然聯想到了那婦人手中，那枚非比尋常的紅寶石戒指。我的心中突然有了一個概念，那枚紅寶石戒指，一定也是米倫太太的！

我伸手拿起了那神像（那神像十分沉重，重得遠出乎我的意料之外），放平了那隻箱子，箱子有一柄鎖鎖着。

同時，我順口道：「夫人，你也是墨西哥人，是不是？米倫太太只是一個人在這裏，她何以會一個人在這裏的？她的丈夫，是做什麼事情的？」

那婦人立時提高了警惕，道：「先生，你問那麼多，是為了什麼？」

我笑了一笑，沒有再問下去，並沒有費了多久，我就弄開了鎖，將那隻箱子打了開來。

令我大失所望的是，那箱子幾乎是空的，只有一疊織錦，和幾塊上面刻有浮雕、銀元大小般的銅片。

我並沒有完全抖開那疊織錦來，雖然它色彩繽紛，極其美麗，我只是用極快的手法，將五六片那樣的圓銅片，藏起了一片來。

我先將之握在掌心之中，然後站起身來，一伸手臂，將它滑進了我的衣袖之中。

就我的行為而言，我是偷了一件屬於米倫太太的東西！

我當然不致於淪為竊賊的，但這時，我卻無法控制我自己不那樣做。因為這裏的一切，實在太奇特了，奇特得使我下定決心，非要弄明它的來歷不可。

當我將那圓形的有浮雕的銅片，藏進我的衣袖之中的時候，我不知道那是什麼，我只是準備回去慢慢地研究，或者向我的幾位有考古癖、學識豐富的朋友去請教一下，我當時的心中只是想，那位米倫太太，一定是十分有來歷的人，絕不是普通人物。

我的「偷竊手法」，十分乾淨俐落，姬娜和那婦人並沒有發覺，我關上箱子，又將鎖扣上，道：「很抱歉，麻煩了你們許久，這封信我會另外再去想辦法的。」

我一面講，一面向門口走去，到了門口，我向那婦人道別，又拍了拍姬娜的頭，隨口問道：「那封信中好像還有一樣東西，你們知道那是什麼？」

我只是隨口問問的，也絕沒有真的要得到回答，可是姬娜卻立即道：「那是一柄鑰匙！一柄長着翅膀的鑰匙，米倫太太生平最喜愛的一件東西。」

我呆了一呆，道：「長着翅膀的鑰匙？什麼意思？」

「鑰匙上有兩個翅膀，是裝飾的，」姬娜解釋：「米倫太太有兩件東西最喜歡，一件是這柄鑰匙，另一件是她的一枚戒指，那戒指真美，她臨死之際送給了媽媽，媽媽答應她死時，也送給我。」

姬娜講到這裏，停了一停，然後又補充道：「我不想媽媽早死，但是我卻想早一點得到那戒指，它真美麗！」

姬娜不住地說那枚戒指真美麗，而我不必她說明，也可以知道她說的戒指，一定就是她媽媽戴在手中的那一枚。

我不再急於去開門，並轉過身來，道：「夫人，那枚戒指，的確很美麗，可以讓我細看一看麼？」

那婦人猶豫了一下，也許是因為我的態度，始終如此溫文有禮，所以她點了點頭，將那枚戒指自她的手指上取了下來，放在我的掌心。

我能夠細看那枚戒指了，姬娜也湊過頭來。唉，那實在是美麗得驚心動魄的東西，古今中外的人，如此熱愛寶石，絕不是沒有理由的，因為天然的寶石那種美麗，簡直可以令人面對着它們時，感到窒息！

這一點，絕不是任何人工的製品，所能夠比擬的。

天然的寶石，似乎有一種特殊的魔力，如今我眼前的那塊寶石，便是那樣，它只不過一公分平方，不會有超過三公厘厚，可是凝神望去，卻使你覺得不像是在望着一塊小小的紅色的寶石，而像是在望着半透明的，紅色的海洋，或是紅色的天空！

我望了半晌，才將之交還了那婦人，然後，我才道：「夫人，恕我冒昧問一句，你可知道這一枚戒指的確實價值麼？」

那婦人一面戴回戒指，一面道：「不知道啊，它很美麗，是不是？它很值錢麼？值多少？五百？嗯？」

我並沒有回答她的問題，我只是含糊說了一句，道：「也許。」

我並不是不想回答她的問題，而是我怕我的答案講出來，會使她不知所措，昏過去的，這樣的一塊上佳的紅寶石，拿到國際珠寶市場去，它的價格應該是在「三百」或「五百」之下，加上一個「萬」字！而且還是以世上最高的幣值來計算！

這枚戒指原來的主人是米倫太太，那麼，米倫太太難道也不知道這枚戒指的價值麼？想來是不可能的，而她將那枚戒指送了人，卻將那鑰匙寄回墨西哥去！

我的心中充滿了疑惑，當我告辭而出，來到了我車子旁邊的時候，我又抬頭向我剛才出來的地方，看了一眼，剛才那不到半小時的經歷，實在是我一生中最奇怪的一樁事了。

我心中不住地問自己，那米倫太太，究竟是什麼人呢？

我上了車子，坐了下來，竭力使我思緒靜一靜，我要到什麼地方去呢？我決定去找那幾位對於古物特別有興趣，也特別有研究的朋友。

我知道他們常在的一個地方，那是他們組成的一個俱樂部。這個俱樂部的會員，只有七個人，而要加入這個俱樂部之困難，還是你立定心機去發動一場政變，自任總統來得容易了，要成為這個俱樂部的會員，必須認出七個老會員拿出來的任何古董的來歷。

我曾申請加入這個俱樂部，我認出了一隻商鼎，一方楚鏡，一片殘舊的文件（十字軍東征時的遺物），和一隻銀製的，屬於瑪麗皇后的香水瓶。

但是我卻在一塊幽黑的爛木頭前碰壁了，後來，據那個取出這塊爛木頭的人說，這是成吉思汗的矛柄。我心中暗罵了一聲「見你的鬼」，我未能成為會員。

但是，我因為認出四件古董，那是很多年來未曾發生過的事情，是以蒙他們「恩准」，可以隨時前往他們的會所「行走」。這個「殊恩」，倒有點像清朝的時候，「欽賜御書房行走」的味道。

我一直將車子開到了這個俱樂部會所之外，那其實是他們七個會員中一位的物業，司閽人是認識我的，他由得我逕自走進去，一位僕人替我打開了客廳的門。

他們之中，只有五個人在。正在相互傳觀着一隻顏色黯淡的銅瓶。千萬別以為他們七個人全是食古不化的老古董，他們只不過是喜歡老古董罷了。

這時，手中不拿花瓶的一個人，就自一隻水晶玻璃瓶中，斟出上佳的白蘭地來。而他們之中，有三個人是在大學執教的，有五個人，是世界著名大學的博士。

他們看到了我，笑着和我打招呼，其中一個用指扣着那銅瓶，道：「喂，要看看巴比倫時代的絕世古物麼？」

我搖了搖頭，道：「不要看，但是我有一樣東西，請你們鑒定一下。」

第二部

世界上最美麗的女人

他們一共五個人，但是聽了我的話之後，倒有四個人一齊笑了起來，有兩個人異口同聲地道：「衛斯理，你有什麼好的古物！」

我大聲抗議，道：「以我對古物的認識，已足可以成為第一流的古物研究者了，但當然比起你們來，或者不如，所以我才來找你們看看這個的！」

我將那枚看來像是銀元一樣的東西，取了出來，交給了他們其中的一個人。

在一路駕車前來之際，我已經看過那枚銀元一樣的東西，它實在是一枚銀元，大小、厚薄都像，但是我卻不知道那是什麼時候的貨幣。它的一面，有六個到七個我完全認不出來歷的文字，而另一面，則是一個戴着頭盔的神像，它的製作，十分精美。

看它的樣子，就像是現在鑄幣廠的精良出品一樣。

第一個接了這枚「銀元」在手的人，面帶輕視之意，將之掂了掂，略看了一眼，便抛給了第二個人，第二個抛給了第三個，第三個抛給第四個……

在他們之間，一直響着輕視的冷笑，最後一個，又將之抛給了我，道：

「看來，這像是鎖匙扣上的裝飾品！」

我知道，那絕不是鎖匙扣上的裝飾品，這一定是一件真正的古物。而這「銀元」在經過了他們五人的眼睛之後，卻仍說不出它的來歷，那並不證明這不是古物，而只證明那是一件來歷極其隱晦和神秘的古物。

我忍受着他們的嘲笑，指着另一面的那個神像，這「銀元」上浮雕着的神像，和木箱上那神像是相同的，我問道：「你們看，這神像，你們見過麼？」

那五人總算又勉強地望了一眼，然後一齊搖頭，道：「未曾見過。」

我又道：「可能和墨西哥是有關係的，你們查查看。」

那五人又搖頭，表示他們不必去查什麼典籍的，一切全在他們的腦中了。

就在這時，另一個會員走了進來，道：「墨西哥有什麼古董？讓我看看。」

我將那枚「銀元」交給了他，他翻來覆去看了一會，道：「喂，你們看到沒有，這些文字，看來十分奇怪喇！」

「那根本不是文字，世界上沒有一個地方的文字是那樣子的。」有兩個人回答他：「那只不過是莫名其妙的花紋而已。」

我氣憤起來，伸手搶回了那「銀元」，道：「你們太自以為是了，我一定可以證明這是稀世的古物，到時，你們古董專家的假面具，便要撕下來了！」

我實在十分氣惱，是以我的話也說得十分重，令得他們六個人為之愕然。

正在這時，第七個會員進來了，他是一個中年人，他道：「誰在發脾氣？」

我立時大聲道：「是我！」

他笑道：「為什麼？看你，漲紅了臉，為什麼發火？」

我將那枚「銀元」，重重地放在他的手上，道：「為了這個，先生，我拿這個來，可是他們卻全取笑我，我想你也是一樣！」

他將那枚「銀元」接了過去，才看了一眼，便露出了十分興奮的神色來，道：「衛斯理，你是什麼地方弄來這東西的？這東西你是哪裏來的，告訴我。」

我一聽，精神為之一振，道：「怎麼，你認出它的來歷了？它是什麼？」

「我不知道這是什麼，但是你看，這是我剛收到的南、北美洲考古學會的會刊，你們看這裏！」他打開了夾在脅下的一本厚厚的雜誌，「刷刷」地翻着，然後，打了開來，放在桌上，又道：「看！」

我們一齊看去，只見那兩頁上，是幾幅圖片，第一幅，是一塊石頭，第二幅，則是那塊石頭的拓片，隱約可以看出，有一點如同文字也似的痕迹。

而第三幅，則是幾個人在一幢房子旁邊的合照，説明是墨西哥大學的哥迪教授，發現了那塊「石碑」，石碑上有着任何典籍所未曾有過記載的文字。

那文字，教授已作了初步的研究，認為那是高度文化的結晶，可是上溯墨西哥的歷史，卻從來也沒有任何民族，曾有過一個時期，是有着那樣輝煌的文化的。哥迪教授懷疑的文字，可能和南美洲部分突然消失了的印加帝國有關，因為發現「石碑」的地方，是在接近危地馬拉的邊界上。

那是一個叫作「古星」的小鎮，在一座「青色橋」的附近，發現那石碑的，當地教堂的一位牧師，提供這塊石給哥迪教授研究，那牧師，叫尊埃牧師。當我一看到「尊埃牧師」這個名字的時候，我幾乎跳了起來！

但是他們七人卻並沒有注意我的神態有異，他們都聚精會神地在將那枚「銀元」一面上的文字，和雜誌上拓印圖片上的文字作詳細的比較。他們全是專家，當然立時可以發覺，那兩種文字，雖然不同，但是卻完全屬於同一種文字的範疇的。

那帶雜誌來的人抬起頭，道：「衛斯理，你真了不起，你看，哥迪教授從文字的組織上去判斷這種文字的結論不錯，你這枚東西，一定是那個文化全盛時期的產品，你看，它多麼精美，而且，它可能是貨幣！」

另一個道：「那麼，這一定是世界上最早的貨幣了！」

又一個道：「當然不是，這如果是貨幣的話，它如此之精美，難道沒有一個發展的過程，一下子就出現如此精美的貨幣了麼？在它之前，一定還有雛形的貨幣！」

另外兩人激動地叫着，道：「人類的歷史要改寫了！」

他們一齊向我望來，剛才我還是一個嘲笑的對象，但是一下子，我變成英雄了！

我不等他們發問，便道：「我發現的東西，不止這些，同樣的『銀元』有五六枚之多，還有一具十分沉重的神像，和一隻有着十分美麗浮雕的木箱，和一疊色彩極美的織錦，應該再加上一隻價值連城的紅寶石戒指，和一封寄給尊埃牧師的信，以及一柄鑰匙——有着翅膀的鑰匙。」他們七個人，全像傻瓜也似地望着我，全然不知道我在說些什麼，我將信取出來一揚，道：「一切自它開始！」

他們齊聲道：「究竟是怎麼一回事？你找到了一個寶庫麼？」我笑了笑，道：「可以說是真正的寶庫，無與倫比！」

他們又七嘴八舌地問了起來，他們的問題，全然是雜亂無章的，根本不可能一個一個地記錄下來，我被他們問得頭也脹了，只得發出了一聲大喝。

在我那一下大喝聲之後，他們總算立時靜了下來，我擺着手道：「你們別問，我將一切事情的經過原原本本講給你們聽就是了，事情的開始是——」

我將我如何為了去看一張「老版宮門二元倒印票」，出門撞了車，一直按扯去找米倫太太，發現了許多奇奇怪怪的事情，全部對他們講了一遍。

我不能說我自己的敘述十分生動，但是聽得他們個個目瞪口呆，卻是事實，在我講完之後，他們仍然好一會講不出話來。我道：「事情就是那樣了，我想，那個米倫太太當然不是普通人，一定是極有來歷的人，你們的看法怎樣？」

他們又七嘴八舌地爭論了起來，最後他們得出了一個結論，這個結論，由他們之首，貝教授向我提出來，貝教授就是帶來那本考古雜誌，發現了我取自米倫太太的箱子中的東西，實實在在是一件古董的人。

貝教授的神態十分正經，他道：「衛斯理，你說的那封信，現在可是在你身邊麼？」

「當然在。」我將信取了出來。

貝教授道：「我想，為了科學上的目的，我們將這封信拆開來看看，應該不成問題的了，我想你一定也同意的了，是不？」

我一聽，不禁皺起了雙眉。每一個人，都有一些事，是他所特別憎恨的，而我所最憎恨的幾件事中，不幸得很，恰好有一件是擅自拆閱他人的信件。

貝教授一面問我，一面已經取起了那封信來準備拆開了，但是我立時一伸手，將之搶了過來，道：「對不起，貝教授，我不同意那樣做——如果我根本不知道這位尊埃牧師的地址，那我或許會同意的，但是現在我已知道他的地址了，那我當然要將這封信寄給他的。」

貝教授搓着手，道：「將信寄給他？這不十分好吧，你看，這信已然出過一次意外，而它一定十分重要，如果再出一次意外的話，可能人類歷史上未為人知的一頁，就要從此湮沒了，最妥當的辦法是——」

我不等他講完，便道：「貝教授，我認為私拆信件，是一項最卑劣的犯罪，我以為不論用什麼大題目做幌子，那都是不可饒恕的罪行，不必再提了！」

貝教授無可奈何地轉過身去，向其餘六人攤了攤手，道：「各位看到了，不幸得很，我們遇到的，是一頭固執的驢子，我們就此停止對這件事的探討麼？」「當然不！」他們一齊叫了起來。

貝教授又道：「好，那我們進行第二步——」他又轉過身來，道：「衛先生，我們想托你去進行一件事。我們委託你，去問那婦人，不論以多少代價，購買米倫太太的所有遺物。」

他們要委託我去購買米倫太太的遺物，這倒是可以考慮之事。因為我自己也有這個打算。米倫太太的那隻箱子，那座神像，那幅織錦，以及那幾枚「銀元」，如果它們的來歷被確定之後，那可能每一件都是價值連城的寶物！

我略想了一想，道：「你們準備出多少錢去買？」

「隨便多少，」貝教授揮着手，「我們七個人的財力，你是知道的，隨便多少，令得我們破產，我們也不在乎的，你去進行好了，主要的是要使我們的委託不落空！」

我聳了聳肩，他們七人的財力，我自然是知道的，他們之中，有四五個是亞洲著名的豪富，如果令得他們破產的話，那麼，那筆錢大約可以買下小半個墨西哥了——如果墨西哥政府肯出賣的話。

我點頭道：「好的，我接受你的委託，這枚『銀元』我留在這裏，那是我取來的，你們可以先行研究起來，我一有了消息，立即和你們聯絡，再見！」

他們一齊向我揮着手，我走出了那間「俱樂部」。

在俱樂部的門口，我呆呆地站了一會，要買米倫太太的遺物，應該向誰接頭呢？問姬娜的母親，那可怕的婦人？還是要去尋訪米倫太太是不是有什麼親人？

但無論如何，再去拜訪一次姬娜的母親，卻是十分有必要的事情。

本來，這件事是和我全然無關的，我只不過在看到了那顆紅寶石戒指之後，才引動了我的好奇心。而又恰巧在那本考古雜誌上看到了那種奇特的文字，和那枚「銀元」上的文字，又如此相同。

米倫太太究竟是什麼樣身分的人呢？愈是想不通的謎，便愈是容易引起人的興趣，所以一件根本和我無關的事情，就在我的好奇心驅使之下，我倒反而成為事情中的主要人物了！

我在再到姬娜家中去之前，買了不少禮物，包括一隻會走路、說話的大洋娃娃，那是送給姬娜的，以及兩盒十分精美華貴的糖菓，和兩瓶相當高級的洋酒。

當我又站在姬娜的門口按着門鈴之後，將門打開了一道縫，向外望來的，仍然是姬娜。

她一眼就認出了我，道：「喂，又是你，又有什麼事？」

我笑着，道：「姬娜，我們不是朋友麼？朋友來探訪，不一定有什麼事，看，我給你帶來了什麼禮物，你看看！」

我將那洋娃娃向她揚了揚，那一定是姬娜夢想已久的東西，她立時尖聲叫了起來，將門打開，讓我走了進去，她的大叫聲，也立時將她的母親引了出來。

我連忙將那兩盒精美的糖菓放在桌上，道：「夫人，剛才打擾了你，十分不好意思，這是我送你的，請收下，這兩瓶酒，是送給你丈夫的，希望他喜歡。」

那婦人用裙子不斷地抹着手，道：「謝謝你，啊，多麼精美，我們好久沒有看到那麼精美的東西了，請坐，請坐，你太客氣了！」

我笑了笑，坐了下來，道：「如果不打擾你的話，我還有幾個問題，想請教你。」

那婦人立時現出了驚惶的神色來。

我一看到這種情形，也立時改口道：「請問，我十分喜歡姬娜，我可以和她做一個朋友麼？」

「你是我的朋友！」姬娜叫着。

那婦人臉上緊張的神色，也鬆弛了下來，她道：「當然可以，當然可以。」

我笑着，道：「我是一個單身漢，我想，那一間房間，原來是米倫太太住的，你們是租給她的，是不？現在空下來了，為什麼不可以租給我住呢？」

「這個……」那婦人皺了皺眉，「我不敢做主，我要問問我的丈夫，先生，事實上，米倫太太生前，一直有租付給我們，但是她死後，我們的情形已經很拮据了，如果你來租我們的房間，那我們應該——」

她講到這裏，突然，「砰」地一聲響，起自大門上，姬娜連忙道：「爸爸回來了！」

她一手抱着洋娃娃，一手去打開了門，我也站了起來。我看到一個身材高大之極的人，站在門口，那人的身形，足足高出我一個頭，至少有一九〇公分高。

他頭髮蓬亂，但是他卻是一個十分英偉的男人，姬娜完全像他，他這時，也用充滿了敵意的眼光望定了我，然後，搖搖晃晃地走了進來，喝道：「你是誰？」

這實在是一個十分簡單的問題，但是，我在如今這樣的情形下，對這個問題，卻也很難回答。

因為我如果對他說，我姓衛，叫衛斯理，我是一個喜歡過冒險生活的人，我有過許許多多奇怪的經歷，而且我對於一切稀奇古怪的生活，都十分有興趣。那樣的話，或許是一番很好的自我介紹了。

但是如果那樣說的話，那卻是一點意義也沒有的，因為他惡狠狠地在問我是什麼人，只是想明白我為什會在他的房子中出現而已，是以我想了一想，道：「我是姬娜的朋友，送一些禮物來。」

我一面說，一面向桌上的兩瓶酒指了一指，我想，他如果是一個酒鬼的話，那麼，在他看到那兩瓶酒之後，他對我的態度，一定會變得很友善了。

可是，我卻料錯了！

他只是向那兩瓶酒冷冷地望了一眼，便立即又咆哮了起來，大喝道：「滾出去，你快滾出去，快滾！」

他一面說，一面向我衝了過來，並且在我全然未及提防之際，便伸手拉住了我的衣襟，看他的樣子像是想在抓住了我的衣襟之後，便將我提了起來，拋出門口去的。他或者習慣於用這個方法對付別人，但是他卻不能用這個方法來對付我！我雙手自他的雙臂之中穿出，用力一分，同時立即反手抓住了他的手腕。

他用力掙扎着，面漲得通紅。但是以我在中國武術上的造詣而論，他想要掙開去，那簡直是沒有可能的事！

經過了三分鐘的掙扎，他也知道無望了，然後，他用一連串粗鄙的話罵我，我則保持着冷靜，道：「先生，我來這裏，是一點惡意也沒有的，或者，還可使你添一筆小小的財富，如果你堅持不歡迎我，那我立即就走！」

我一說完，便立時鬆開了手，他後退了幾步，在一張椅子上坐了下來，瞪着我，喘着氣，好一會不說話。

我也不再出聲，只是望着他。他喘了半分鐘左右，才道：「你是誰，你想要什麼？你不必瞞我，姬娜的朋友，呸！」

姬娜輕輕地咕噥了一句，道：「爸，他是我的朋友！」

可是那人向姬娜，瞪眼，姬娜便抱緊了我給她的洋娃娃，不再出聲了，顯然，她十分怕她的爸爸，而這時候，我的心中，不禁生出一股慚愧之感來。

因為，當我剛才說我自己是姬娜的朋友之際，我並不是太有誠意的，我送洋娃娃給姬娜，也只不過是為了達到我自己的目的，我可以說是在利用姬娜。

我自問絕不是什麼工於心計的小人，但是我究竟是成人，成人由於在社會上太久了，在人與人的關係之間，總是虛偽多於真誠的了，可是姬娜卻不同，看她甘冒父親的責罵，而聲明我的確是她的朋友這一點看來，她是的的確確將我當作了她的朋友的。

我立即向姬娜走去，輕輕地撫摸着她的長髮，表示我對她的支持的感激。

我道：「是的，我來這裏拜訪你們，是有目的的，我受人的委託，想購買米倫太太——」

我的話還未曾講完，那傢伙突然像觸了電一樣地直跳了起來！

我不禁陡地呆了一呆。

令得他突然之間直跳了起來的原因，顯然是因為我提到了米倫太太。但為什麼一提到米倫太太，他就跳起來呢？

我呆了一呆，未曾再講下去，那人卻已咆哮了起來，道：「米倫太太？你知道她多少事？你怎麼知道她這個人？又怎麼知道她住在這裏的？」

他一面責問我，一面惡狠狠地望着他的妻子和他的女兒，以為是她們告訴我的。在那一剎間，我實在也給他那種緊張的神態，弄得莫名其妙，不知如何才好。

那傢伙還在咆哮，道：「你説，你怎麼知道她的？」

我只好攤了攤手，道：「看來，你是不準備討論有關米倫太太的一切了？如果你真的不願的話，那你等於是在放棄一筆可觀的錢了。」

「別用金錢來打動我的心，」那人怒吼着，忽然，他放棄了蹩腳的英語，改用墨西哥話叫了起來，而他叫的又不是純正的墨西哥語，大約是墨西哥偏僻地方的一種土語，我算是對各種地方的語言都有深刻研究的人，但是我卻聽不懂他究竟在嚷叫什麼。

但是有些事，是不必語言，也可以表達出來的，他是在趕我走，那實在是再也明顯不過的事情。而我心中暗忖，既然情形如此糟糕，我也只好有負所託了！

我幾乎是有些狼狽地走出那屋子的，一直到我來到了二樓，我仍然聽到那傢伙的咒罵聲，我嘆了一聲，一直向樓梯下走去，當我來到了建築物門口之際，忽然看見姬娜站在對街上，正在向我招手！

我呆了一呆，但是我立即明白，姬娜一定是從後梯先下了樓，在對街等我的，我過了馬路，她也不說什麼，只是拉了我便走，我跟着她來到了一個小小的公園中。

然後，她先在一張長櫈上坐了下來，有點憂鬱地望着我。

我在她的身邊坐了下來，道：「姬娜，什麼事情？」

姬娜搓着衣角，道：「我爸爸這樣對你，我很抱歉，但我爸爸實在是好人，他平時為人非常和氣的，可是，他就是不讓任何人在他面前提及米倫太太。」

「為什麼？」我心中的好奇，又深了一層。本來我的心中，已然有了不少疑問的了，可是我再次的造訪，非但未能消釋我心中原來的疑問，反倒更多了幾個疑問。

「為什麼？」我重複着。

「我想，」姬娜裝出一副大人的樣子來，墨西哥女孩是早熟的，姬娜這時的樣子，有一種憂鬱的少女美，她道：「我想，大約是爸愛着米倫太太。」

我呆了一呆，如果不是姬娜說得那樣正經的話，實在太可笑了，她的爸爸愛上了米倫太太？她的想像力實在太豐富了。

我雖然沒有什麼異樣的行動，但是姬娜卻也發覺了，她側着頭，道：「先生，你可是不信麼？但那是真的。」

我笑道：「姬娜，別胡思亂想了，大人的事情，你是不知道的。」

「我知道，」姬娜有點固執地說：「我知道，米倫太太是那樣可愛，我爸爸愛上了她，一定是的，米倫太太死的時候，他傷心得——」

姬娜講到這裏，停了一停，像是在考慮應該用什麼形容詞來形容她父親當時的傷心，才來得好些，而我的驚訝，這時也到了頂點！

我絕不知道米倫太太是一個什麼樣的人，我只知道她寄了一封信給一個叫尊埃的牧師，而她在半年前死了，她在生前，沒有朋友，沒有親人，只是孤僻地住在一間小房間中，那房間中除了牀之外，沒有別的什麼。

這樣的一個米倫太太，自然而然，給人以一種孤獨、衰老之感。也自然而然使人想到，她是一個古怪的老太婆，而且，她在半年前死了，死亡和衰老，不是往往聯繫在一起的麼？但這時我覺得有點不對了。

因為姬娜說米倫太太十分美麗！

我吸了一口氣，道：「姬娜，米倫太太很美麗麼？」

「是的，」姬娜一本正經地點着頭，「她很美麗，唉，如果我有她一分美麗，那就好了，她有一頭金子一般閃亮的頭髮，長到腰際，她的眼珠美得像寶石，她美麗得難以形容，我爸曾告訴過我，那是在他喝醉了酒的時候，他說，米倫太太，是世上最美麗的女子。」

我聽得呆了，我一面聽，一面在想着，那是不可能的，姬娜一定是心理上有着病態發展的女孩子，那一切，全是她的幻想而已，不可能是真實的，我搖着頭，道：「姬娜，你形容得太美麗一些了！」

「她的確是那樣美麗！」姬娜抗議着：「只不過她太蒼白了些，而且，她經常一坐就幾個鐘頭，使人害怕。」

我遲疑着問道：「她……她年紀還很輕？她多少歲？」

姬娜的臉上，忽然現出十分迷惑的神色來，道：「有一次，我也是那樣問她，你猜她怎麼回答我，先生？」

我搖了搖頭，有關女人的年齡的數字，是愛因斯坦也算不出來的，我道：「我不知道，她說她自己已多少歲了？」

姬娜道：「她當時嘆了一聲，她只喜歡對我一個人講話，她說，你猜我多少歲了，我說出來，你一定不會相信的，你永遠不會相信的，絕不相信！」

我急忙問道：「那麼，她說了沒有？」

「沒有，」姬娜回答，「她講了那幾句話後，又沉思了起來，我問她，她也不出聲了。」

「那麼她看來有幾歲？」

「看來？她好像是不到三十歲，二十六，二十七，我想大概是這個年齡。」姬娜側着頭，最後，她又補充了一句：「她的確是世界上最美麗的女人。」

我呆半晌，說不出話來。我雖然仍在懷疑姬娜的話，但是我卻也開始懷疑自己以為米倫太太是一個老太婆的想法是不是正確的了。我一直以為米倫太太是一個老太婆，但如果她是一個風華絕代的美婦人，那倒是一件十分可笑的事情了，那實在太意外了。

我想了片刻，又問道：「你可有她的相片麼？姬娜。」

「沒有，」姬娜搖着頭：「米倫太太從來也不上街，媽說，還好她不喜歡拍照，要不然，每一個男人看到了她的照片，都會愛上她的！」

我皺着眉，這似乎已超過一個十三四歲的小姑娘的想像力之外，看來，姬娜所說的是事實，而不是虛構！

我並沒有再在米倫太太究竟是不是年輕，是不是美麗這一點上問下去。因為在這個城市中，墨西哥僑民，是十分少，我有好幾個朋友，在僑民管理處工作的，我只需去找一找他們，就可以看到米倫太太究竟是不是男人一見她便神魂顛倒的美人兒了。

我轉換了話題，道：「那麼，米倫先生呢？你有沒有見過米倫先生？」

「沒有，米倫太太說，米倫先生在飛行中死了。」

我嘆了一聲，如果米倫太太真是那麼美麗的話，那麼她的丈夫一定也是一個十分出眾的男子，他們的婚姻，一定是極其美滿和甜蜜的，而突然之間，打擊來了，米倫先生在飛行中死了，於是米倫太太變得憂傷和孤獨，便變成了一個十分奇特的人。

我又問：「那麼，米倫太太可有什麼親人麼？」

「沒有，自從我懂事起，我就只見她一個人坐在房中，她根本沒有任何熟人，倒像是世界上只有她一個人一樣。」姬娜皺着眉回答。

我的心中仍然充滿了疑問，道：「那麼，你們是怎樣認識她的，她又如何會和你們住在一起的？」

姬娜搖頭道：「我不知道，我也問過爸媽，他們卻什麼也不肯說。」

我呆了半晌，道：「你父親叫什麼名字，可以告訴我麼？」

「當然可以，他是基度先生。」姬娜立時回答着我。我又道：「姬娜，你回去對你父親說，如果他肯出讓米倫太太的遺物，他可以得到一筆相當的錢，如果他答應了，請他打這個電話。」我取出了一張名片給姬娜。

姬娜接過名片，立時道：「我要走了，謝謝你。」

她跑了開去，我向她揮着手，一直到看不見她為止。而我仍然坐在椅上，米倫太太，那個神秘的人物，竟是一個絕頂美麗的少婦！這似乎使得她已然神秘的身分，更加神秘了！

我並沒有在椅上坐了多久，便站了起來，我必須先弄明白米倫太太的真正身分，然後，才能進一步明白，她如何會有那麼好的紅寶石，和那幾枚不知是哪一年代的「銀元」，以及那尊古怪的神像！

我離開了那小公園，駕着車到了僑民管理處，在傳達室中，我聲稱要見丁科長，他是主管僑民登記的，不到五分鐘，我就走進了他的辦公室，坐了下來。

他笑着問我，道：「好啊，結了婚之後，人也不見了，你我有多少時候未曾見面了？總有好幾年了吧，嗯？」

我想了一想，道：「總有兩三年了，上一次，是在一家戲院門口遇見你的！」

丁科長搓着手説，道：「我知道你是無事不登三寶殿的，好，告訴我，我有什麼地方可以幫助你的？只管説！」

他是十分爽快的人，我也不必多客套了，他道：「我想來查看一下一個墨西哥人的身分，她叫米倫太太，可以查得到麼？」

丁科長笑了起來，道：「當然可以的，你看牆上統計表，墨西哥人僑居在這裏的，只不過八十七人，在八十七個人中找一個，那還不容易之極麼？」

我忙道：「那太好了，我怎樣進行？」

「不必你動手，我吩咐職員將她的資料找來就行了！」他按下了通話器的掣，道：「在墨西哥僑民中，找尋米倫太太的資料，拿到我的辦公室中來。」

他吩咐了之後，我們又閒談了幾分鐘，然後，有人敲門，一個女職員站在門口，道：「科長，墨西哥籍的僑民中，沒有一個是叫做米倫太太的。」

我呆了一呆，道：「不會吧，她……約莫三十歲，是一個十分美麗的女子。」

那個女職員仍然搖頭，道：「有一位米契奧太太，但是沒有米倫太太。」

丁科長道：「我們這裏如果沒有記錄，那就是有兩個可能，一是她根本未曾進入這個城市，二是她偷進來的，未曾經過正式的手續。她在哪裏？我們要去找她。」

我苦笑了一下，道：「她死了，半年以前死的。」

丁科長奇怪道：「不會吧，外國僑民死亡，我們也有記錄的，是哪一個醫生簽的死亡證？王小姐，你再去查一查。」

我連忙也道：「如果真查不到的話，那麼，請找基度先生，他也是墨西哥人。」

那位女職員退了開去，丁科長笑着道：「衛斯理，和你有關的人，總是稀奇古怪的。」

我搖頭道：「米倫太太和我一點關係也沒有，我根本不認識她——」

我才講到這裏，女職員又回來了。她拿着一隻文件夾，道：「科長，這是基度的資料，沒有米倫太太死亡的記錄。」

丁科長接過那文件夾，等那女職員退出去之後，他將文件夾遞了給我，我忙打了開來，裏面並沒有多少文件，它是一張表格，左下角貼着一張相片。

那正是姬娜的父親，雖然相片中的他年輕得多，但我還是一眼可以認得出來的。因為在他的臉上，有一種十分野性的表情，那種表情，集中在他的雙眼和兩道濃眉之上，給人的印象十分深刻。對於僑民的管理，所進行的只是一種普通的登記工作，那表格上所記載的一切，當然也是十分簡單的事情，和警方或是特別部門的檔案，是大不相同的。

所以，在那張表格上，我只可以知道這個人，叫基度．馬天奴，他的職業十分冷門，而且出乎我意料之外的，那是「火山觀察員」。而他來到此地的目的，則是「遊歷」，他是和妻子、女兒一齊來的。

那是十年前的事情了。另一張表格，距離上一張表格大約有半年，那是他申請長期居留的一張表格，附有他妻子、女兒的照片。

他的女兒，毫無疑問就是姬娜，在照片上看來，她只有兩三歲，睜着烏溜溜的眼睛，看來非常之可愛。抱着姬娜的，就是那個容顏十分可怖的婦人。

我看完了這兩張表格，不禁苦笑了一下，因為我對那位基度．馬天奴先生，並沒有獲得什麼進一步的了解！

我將文件夾遞給了丁科長，道：「你不覺得奇怪麼？他是一個『火山觀察員』，而我們這裏，幾百里之內，絕沒有火山，他為什麼要在這裏留下來？」

丁科長道：「如果你問的是別人，那麼我可能難以回答，但是這個人，我卻知道的，因為當時，正是我對他的長期居留申請，作調查審核的，我還記得，當時我給他的妻子嚇了老大一跳，幾乎逃走！」

我又問道：「他住在什麼地方？」

「就是那個地址，一直沒有搬過。」

第三部

她是火山之神！

我又問道：「那麼，你去調查的時候，在他的屋子中，可曾發現一個滿頭金髮，十分美麗的少婦？她就是——」

我的話只問到了一半，便突然住了口，沒有再問下去，我之所以沒有再問下去的原因，是因為我發現我的問題，是十分不合邏輯的。因為丁科長到基度的家中去調查，那已是十年之前的事情了。

在十年前，姬娜只不過是兩三歲的小孩子。而姬娜對我說，米倫太太看來不過是二十六七歲，那麼，十年前，她還是一個不到二十歲的少女而已。

那時候，她可能根本還未曾嫁人，也不會孤獨地住在基度的家中，丁科長當然也不會見過她的。我的問題，只問到一半，便停了下來，以致令得丁科長用一種十分異樣的眼光望定了我，我苦笑了一下，道：「忘了我剛才講的話吧，我思緒太混亂了！」

丁科長卻笑了起來，道：「怪不得你看來有點恍恍惚惚，原來是有一個美麗的金髮少婦在作怪，衛斯理，你已經有了妻室，我看，還是算了吧！」

丁科長的「好意」，令我啼笑皆非！

我忙轉開了話題，道：「那麼，你說說當時去調查的情形。」

「很簡單，」丁科長繼續道：「我問他，為什麼他要申請長期居留，並且我也提及，在這裏長期居留，他將無法再繼續他的職業了，因為這裏根本沒有火山。但是他說不要緊，因為他得了一筆遺產。」

我皺起了眉聽着，丁科長攤了攤手，道：「他當時拿出一本銀行存摺給我看，存款的數字十分大，只要申請人的生活有保障，我們是沒有理由拒絕的。」

我忙問道：「你難道不懷疑他這筆巨款的由來麼？」

「當然，我們循例是要作調查的，我們曾和墨西哥政府聯絡，證明基度是墨西哥極南，接近危地馬拉，一個小鎮上的居民，他絕沒有犯罪的紀錄——」

我忙道：「等一等，他住的那個小鎮，叫什麼名稱？」

丁科長呆了一呆，道：「這個實在抱歉得很，事情隔了這麼多年，我已經記不起那個地名來了，好像是……什麼橋。」

「是青色橋？那個小鎮，叫古星鎮，是不是？」我問。

丁科長直跳了起來，道：「是啊，古星鎮，青色橋，你是怎麼知道的。」

我並沒有回答丁科長的問題，因為在我的心中，正生出了許多新的問題來。基度．馬天奴，原來也是那個小鎮的人！

對於那個叫做「古星」的小鎮，我可以說一無所知，我到過的地方雖多，但也未曾到過墨西哥和危地馬拉的邊界，但是如今，我至少知道，這個古星鎮有一座青色橋，在那橋的附近，有一座教堂，這個教堂，是由一位叫作尊埃牧師在主持着的。

而米倫太太和這個古星鎮，一定有着十分重大的關係，因為她生前，也是住在古星鎮來的基度的家中，而她死後，又有一封信是寄給古星鎮的尊埃牧師的。

那樣看來，好像我對米倫太太身分的追查，已然有了一定的眉目，但實際上卻一點也不，我只是陷入了更大的迷惑之中而已，因為我無法獲得米倫太太的資料，她是如何來到這裏的，如何死亡的？我什麼也不知道！我伸手摸了摸袋中的那封信。

在那一剎間，我的心中，忽然起了一陣奇異之感。

我忽然想到，基度是如此的粗魯，而基度的妻子，又那樣可怕，而孤獨的米倫太太，寄居在他們的家中，是不是米倫太太的死亡，是遭到了他們的謀害呢？

一想到了這一點，我又自然而然，想到了基度和他的妻子許多可疑的地方來。例如我一提及米倫太太，基度便神經質地發起怒來，這不是太可疑了麼？

而也由於我想到了這一點，我的心中，對整件事，也已漸漸地形成了一個概念，我假設：基度用完了那筆遺產，而他又覬覦米倫太太的美色，米倫太太還可能很有錢，那麼，基度夫婦謀害米倫太太的可能性更高了。

我不禁深深地吸了一口氣，我竟在無意之中，發現了一件謀殺案？

我又將一切細想了一遍，愈想愈覺得我的推論，十分有理。基度可能知道米倫太太的入境，未經過登記，那也就是說，米倫太太在記錄上，是並不存在的，他謀殺了米倫太太，甚至不必負法律上的責任！

我站了起來，雙眉深鎖，丁科長望着我，道：「你還要什麼幫助？」

我搖了搖頭，心中暗忖我不需要你的幫助了，我所需要的，是警方謀殺調查科人員的幫助了，我向丁科長告別後，走出了那幢宏大的辦公大樓。

我應該怎麼辦呢？是向警方投訴麼？

我隨即否定了這個想法。因為如果我向警方投訴的話，警方至多只能派一個警官去了解一下，甚至不能逮捕基度，因為在法律上而言，根本沒有米倫太太這個人！而既然「沒有」米倫太太這個人，那麼，謀殺米倫太太的罪名，自然也是絕對不成立的了。

這件事，不能由警方來辦，還是由我自己，慢慢來調查的好。我應該從哪裏着手呢？是直截去問基度，關於米倫太太的死因？還是去找姬娜，在側面了解，還是……

我突然想到，姬娜曾說她的父親是深愛着米倫太太的，一個人在殺了他心愛的人之後，他的潛意識之中，一定十分痛苦和深自後悔的，這可能是基度變成酒鬼的原因。而那樣的人，神經一定是非常脆弱，要那樣的人口吐真言，那並不是一件困難的事情。

我已然有了行動方針，所以，我回到家中，先洗了一個澡，然後將所有的事情，歸納了一下，看看自己的結論，是不是有什麼錯誤的地方。

然後，我將自己化裝成為一個潦倒的海員，因為我料到，基度一定不會在高尚的酒吧去買醉，他去的一定是下等的酒吧，而潦倒的海員，正是下等酒吧最好的顧客。然後，我又臨時抱佛腳，學了一首西班牙情歌，那首歌，是關於一個金髮女郎的。

一切準備妥當，我來到基度住所的那條街，倚着電燈柱看。那時，天已黑了，我耐心等着。我並沒有白等，在晚上九時半左右，基度走了出來。

他看來已經有了醉意，他搖搖晃晃地向前走着，我跟在他的後面，走過了好幾條街，來到了下等酒吧匯集的所在，臉上塗得五顏六色的吧女，在向每一個人拋着媚眼，我看到基度推開了一扇十分破爛的門，走進了一間整條街上最破爛的酒吧。我也立時跟了進去。

基度顯然是這裏的常客了，他直走到一個角落處，坐了下來，「叭叭」地拍着桌子，立時有侍者將一瓶劣等威士忌，送到了他的面前，他倒進杯中，一口氣喝了兩杯，才抹着嘴角，透了一口氣。

我坐在他旁邊的一張桌子上，這家酒吧的人不多，一隻殘舊的唱機，正在播送着不知所云的音樂，我在基度喝了兩杯之後，才高叫了一聲。

我是用墨西哥語來高叫的，是以引得基度立時向我望了過來。我連看也不去看他，大叫道：「酒！酒！」接着我便唱了起來。我唱的，就是那首和一個金髮女郎有關的情歌。

當然，我的歌喉，是不堪一聽的，但是我卻看到，基度在聚精會神地聽我唱，而且，他臉上的神情，也十分激動，當我唱到了一半之際，他和着我唱。

然後，在唱完之後，他高聲道：「為金髮女人乾杯！」

他口中叫的是「乾杯」，可是他的實際行動，卻完全不是「乾杯」，而是「乾瓶」，因為他用瓶口對準了喉嚨，將瓶中的酒，向口中疾倒了下去。

我的心中暗喜，他喝得醉些，也更容易在我的盤問之下，ㄇ吐真言，我假裝陪着他喝酒，但是實際上，我卻一口酒也不會喝下肚去，只是裝裝樣子。等到他喝到第二瓶酒的時候，他已將我當作最好的朋友了，他不斷用手拍着我的肩頭，說些含糊不清的話。

我看看時機已到，便嘆了一口氣，道：「基度，你遇見過一個美麗的金髮女人嗎？她是世界上最美麗的女人！」

基度陡地呆了一呆，他定定地望着我，面上的肌肉，正簌簌地跳動着，好一會，才從他的口中迸出了幾個字來，道：「她，你說的是她？」

我反問道：「你說是誰？」

基度苦笑了起來，道：「朋友，那是一個秘密，我從來也未曾對人說過，朋友，我一點也不愛我的妻子，愛的是一個金頭髮的女子，正如你所說，她是世界上最美麗的女子！」

我也大力地拍着他的肩頭，道：「那是你的運氣！」

使我料不到的是，基度在又大口地喝了一口酒之後，突然哭了起來，像他那樣高大的一個男人，忽然涕泗交流，那實在是令人感到很滑稽的事情。

可是當時我卻一點也不覺得滑稽，那是因為他確然哭得十分哀切之故。在那片刻間，我反倒不知怎樣才好，我只是問道：「你怎麼了？為什麼哭？」

「她死了。」基度落着淚：「她死了！」

我十分技巧地問道：「是你令她死的，是不是？」

我不說「是你殺了她」，而那樣說法，自然是不想使他的心中有所警惕，而對我提防之故。基度對我一點也不提防，他道：「不是，她死了，她活着也和死了一樣，可是她死了，我卻再也看不到她了。」

我的心中十分疑惑，道：「她是什麼病死的？你將她葬在什麼地方？」

基度繼續哭着，道：「她死了，我將她拋進了海中，她的金髮披散在海水上，然後，她沉下去，直沉到了海底，我再也看不到她了。」

我問來問去，仍然問不出什麼要領來，我只得嘆了一口氣，道：「不知道你認得的那金髮女人，叫什麼名字？我也認識一個——」

基度立即打斷了我的話頭，道：「別說你的！說我的，我的那個叫米倫太太。」

我忙道：「噢，原來是有夫之婦！」

基度立即道：「可是她的丈夫死了，我第一次見到她的時候——」

基度講到這裏，突然停了停。

我的目的，雖然是想要基度在醉後供出他如何謀殺米倫太太的情形來。可是從現在的情形看來，基度謀殺米倫太太的嫌疑，卻愈來愈淡了！所以，基度提及他第一次認識米倫太太的情形，我也十分有興趣。

我連忙道：「你和她是一個地方長大的，是不是？」

基度橫着眼望着我，我的心中不禁有些後悔我說話太多了。

基度望了我片刻，才搖了搖頭，道：「不是，我不是和她一齊長大的。」

明知道我若是問得多，一定會引起基度的戒心，但是我還是不能不問，我又道：「你是怎麼認識她的？」

基度嘆了一聲，同時，他的臉上出現了十分迷惘的神色來，道：「不會信的，我講出來，你一定不會相信的。」

我心知他和米倫太太的相識，其間一定有十分神秘的經過，是值得發掘的，所以我絕不肯放過這機會，我忙道：「我相信的，你說給我聽好了！」

基度忽然瞪着我，道：「你是誰？」

在那一剎間，我幾乎以為基度已認出了我，但好在我十分機警，連忙吞下了一大口酒，大吞舌頭道：「我和你一樣，也有一個金髮女郎在我的記憶之中，等你講完了你的，我就講我的給你聽。」

基度考慮了一下，像是覺得十分公平，是以點了點頭。我笑了笑，道：「好，那你先說。」

基度嘆了一口氣，道：「我的職業十分奇怪，我是一個火山觀察員，我想，你一定不十分明白我日常的工作，是做些什麼。」

我的確不十分明白，我猜測道：「你一定是注意火山動靜的，你是一個火山學家，是不是？」

基度忽然怪聲笑了起來，道：「我？火山學家？當然不是，僱用我的人才是火山學家，我在古星鎮長大，就在離古星鎮不遠的地方，有一座火山，我小時候，曾幾次爬到山頂去，看從那火山口中噴出來的濃煙，從我家的門口，就可以望到那座火山。」

我並沒有打斷他的話頭，只是靜靜地聽着他的敘述。

「我們的家鄉，」基度又喝了一大口酒：「實在是一個十分奇妙的地方，向南去，便是危地馬拉，在邊境是沒有人敢進去的森林，北面，便是那座大火山，火山帶給我們家鄉肥沃的土地，我們——」

我有點不耐煩了，便道：「我想，你還是說說，你是如何識得米倫太太的，或者說，米倫太太是如何來到古星鎮的，你不必將事情扯得太遠了！」

可是基度卻「砰」的一聲，用力一拳，敲在桌上，道：「你必須聽我說，或者，我什麼也不說，隨你選擇吧！」

我立即宣布投降，道：「好，那你就慢慢地說好了。」

基度又呆了一會，才又道：「我自小就喜歡看火山，我知道許多關於火山的習性，我十二歲那年，政府在古星鎮上，成立了一個火山觀察站。」他講到這裏，又停了一停。

我聽得基度講到了在他十二歲那年，古星鎮上成立了一個火山觀察站，我就想：米倫太太一定是火山學家的女兒，而基度只不過是一個在小鎮上長大的粗人，他愛上了她，而因為身分懸殊，所以無法表達他的愛情，這倒是很動人的愛情故事。

可是，基度接下去所講的，卻和我所想的全然不同。

「火山觀察站成立不久，我就被他們聘作嚮導，去觀察火山口，而在以後的兩年中，我又精確地講出了火山將要爆發的迹象，使得他們十分佩服，他們給了我一個職位，使我不必再去種田，我成為火山觀察員了，我的責任是日夜留意火山口的動靜。一有異樣，便立時報告他們，我一直十分稱職，一直到十一年前——」

我不能不插口了，我驚詫道：「十一年前？你識得米倫太太有多久了？當時，她已經是米倫太太了麼？」

我打斷了他的話頭，顯然令得他十分惱怒，他「砰砰」地敲着桌子，叫道：「讓我說，讓我慢慢地說下去！」

我立時不出聲，因為我怕他不再向下講下去，我知道，他要講的，一定是一件十分神秘、十分奇妙、同時可以解開我心中許多疑團的事！

基度接着又道：「十一年前一個晚上，我照例躺在野外，在月光下，我可以看到不遠處火山的山影，我看了一會，火山十分平靜，一點煙也沒有，這表示在十天之內，火山是不會出什麼事的。

「所以，我閉上眼，安心地睡去，我已和鎮上的一個麵包師的女兒結了婚，有了一個女兒，我在想，明天起我可以和她去旅行幾天了，就在我準備朦朧睡去間，我陡地聽到了隆然一聲巨響，我立時認出聲音是火山傳來的！

「我連忙睜開眼來，我敢斷定，我是一聽到聲音，就睜開眼來，可是當我睜開眼來時，似乎整座火山都震怒了，山在抖着，濃煙夾着火星，從火山口直冒了出來，大地在顫動，那是不可能的。

「那真是不可能的，因為前一刻還是那麼平靜，火山是絕不會無緣無故爆發的，但這一次，火山的確是無緣無故地爆發了，我立時和觀察站通電話，可是電話卻打不通，我奔到了我的車子旁邊，跳進了車子。車子是屬於觀察站的，但歸我使用。

「我駕車向前飛馳，愈接近火山，我便愈是肯定，那是真的火山爆發，我已可以看到火山的熔漿，在從火山口湧了出來，我感到那是我的失職！

「可是，在事前，真的一點迹象也沒有，車子在地勢較高的崎嶇的路上駛着，等到我接近火山的時候，熔岩離我極近，我對着這座火山三十年，但從來也未曾看到它爆發得如此厲害！

「我想我必須將我觀察到的情形，去告訴觀察站，我正準備退回車子，而就在那時候，我……我看到了她！」

我聽到這裏，實在忍不住了，道：「你在火山腳下看到了米倫太太？」

「不是火山腳下，是在半山上！」基度有點氣喘地回答着我。

我聽了之後，不禁苦笑了一下，他媽的，我用了不少心計，滿以為可以聽到基度講出有關米倫太太的一切來，卻不料這傢伙所講的，卻全是醉話。

他已經説過，火山上滿佈着熔岩，那麼，什麼人還能在半山出現。那分明是胡説。我冷笑一聲，道：「行了，你不必再説了，你實在喝得太多了！」

基度呆了半晌，在他的臉上，現出了十分傷心的神色來，道：「我知道你不會相信的，沒有一個人會信那是事實，但那的確是事實，全是真的！」

我也呆了一呆，基度在事先，便已説過，他認識米倫太太的經過，講出來是不會有人相信的，如果他講的是醉話，難道他會事先作聲明麼？

那當然是不可能的，他不可能講有計劃的醉話的。

那麼，他現在所講的，一定是真話了。我於是道：「你可以繼續講下去。」但是，基度的自尊心，卻已受到了傷害，他不肯再講了，他搖着頭，而且搖搖擺擺地站了起來，看他的樣子，像是準備離去了，我不禁大急，忙伸手在他的肩頭上一按，道：「你別走，你還未曾講完呢！」

可是，在我的身邊，卻立時響起了一個粗魯的聲音，道：「喂，放開手，讓他走，他今天喝得已經太多了！」

我轉過頭去，看到站在我身邊的，是一個身形高大的酒保，我揮着手道：「嗨，你別管我，我還未曾聽他講完我要聽的事！」

那酒保轟笑了起來，道：「原來基度也有了聽眾，他可是告訴你，他是一個火山觀察員，是不是？他還在告訴你，有一次火山突然爆發了，是不是？」

他一面說，一面還在不斷大笑。

我不禁苦笑了起來，我還自以為我用了妙計才使得他將往事講出來的，但是從那酒保的話中聽來，基度幾乎是對每一個人，都曾經講及這件事的。

我的心中十分氣惱，大聲道：「是的，那有什麼好笑？」

卻不料我這一句話，大大得到了基度的贊成，他也大聲道：「是啊，有什麼好笑？」

他一面說，一面用力一拳，向酒保打去。他的身形，已經算是十分魁偉的了，而且那一拳的力道，也着實不輕，可是，那一拳打在酒保的臉上，酒保卻是一點也不覺得什麼，而且，立時抓住了他的手。

同時，酒保也抓住了他的衣領，推着他，向前直走了出去，一直出了門外，我才聽到了「蓬」地一聲響，然後，酒保拍着手，走了回來，大拇指向門口指了指，道：「喂，你也該回家了，如果你有家的話！」

我連忙衝了出去，剛好看到基度掙扎着爬起來，我過去扶住了他，基度道：「沒有一個人信我，可是我講的，卻是真的話，完全是真的，真的。」我將他的身子扶直，道：「我信你，請你講下去！」

他用醉眼斜睨着我，打着酒嗝，道：「你完全相信我講的話？」

我忙道：「是的，我完全相信，你說下去，剛才，你說到你在火山腳下，看到她在半山腰上，她是誰？就是後來的米倫太太？」

基度的身子靠在牆上，抬起頭望着路燈道：「我看到了她，她站在一塊岩石上，兩股熔岩，繞着那塊石頭流過，她也看到了我，她在叫我！」

基度的神態，愈來愈是怪異，我只好用他像是一個夢遊病患者形容他，而他所陳述的一切，也像是他在講述一個夢境一樣，而絕不是真實的事情。

他一面喘着氣，表示他的心中，十分激動，一面又道：「她在叫一些什麼，我完全聽不懂，她身上穿着十分奇異的衣服，她手上拿着一頂帽子，她的一頭金髮，是那樣地奪目，我叫她快跳下來，可是——」

他講到這裏，再度停了下來，然後用力地搔着，並且狠狠地搖着頭，像是不知該如何向下說去才好。

我耐心地等了他大約四分鐘，便忍不住催道：「可是她怎樣呢？」

「她……她非但不下來，反倒……反倒向上去！」

「基度！」我自己也聽出，我的聲音之中，充滿了憤怒，「基度，你剛才說，火山正在猛烈地爆發，而你如今又說她向山上走去，我想弄明白你說的是什麼意思，你可是說，她踏着奔流的熔岩，向上走去麼？」

基度的頭搖得更厲害了，他道：「不，我不知道，當時我完全呆住了，我只看到她向上走去，然後，她在我的視線中消失，我……我只是呆呆地站着。」

我剛才，在心中已然千百次地告訴過自己：基度講的話是真的，相信他，相信他講的一切。但是，在如今這樣的情形下，我卻也只得嘆了一口氣。

基度的話，實在是無法令人相信的，我發現基度和他的女兒兩人，都可能患有一種稀有的心理病症，他們將根本不存在的事，當作是真的，而且，他們深信着這種不存在的事，而且也要別人全相信。

我伸手在他的肩頭上拍了拍，那是我準備向他告辭的表示，但是在那一剎間，我卻又想起：如果根本沒有米倫太太，那只是基度的空想，那麼，米倫太太那麼多遺物，又作如何解釋呢？而且，還有那封信！

我的手還未縮回來，基度已用力拉住了我的手，道：「別走，你別走，從來也沒有人聽我講完這件事過，世上除了我之外，也只有尊埃牧師信這件事：她是從火山來的，她是火山之神，真的！」

我忍受着他的語無倫次，我道：「好，你只管說。」

我拖着他走着，直來到碼頭邊上，那地方是流浪漢的聚集處，你可以在那裏用最大的聲音唱歌，直到天亮，也不會有人理你的。

基度一直在說着話，他真是醉得可以了，他的話，大部分是含混不清的，而且，其中還興之所至地夾雜着許多許多我所完全聽不懂的墨西哥土語。

但也好在他喝醉了，所以大多數話，他都重複地講上兩三次以上。

正由於基度所講的每一句話幾乎都是重複的，所以我聽不懂時，也比較容易揣摩他的意思，並且也可以聽清他口齒不清的一些話，我將他在那晚上所謂的話，整理了一下，歸納起來，大抵如下：

那一次，火山突然爆發，他驅車到了現場，在火山熔岩的奔瀉中，看到了一個金髮女郎，後來，那金髮女郎向上走去，照他的說法是，消失在熔岩之中，他駕車回程，在半路上，遇見了尊埃牧師。

尊埃牧師是當地受崇敬的人物，基度一見到他，立時將自己的所見，告訴了尊埃牧師，牧師當然斥他為胡說，兩人再向火山進發，但隨即遇見了那金髮女郎。

她站在路邊，據基度的形容是：她滿頭金髮，像雲一樣地在飄着，他們兩人停了下來，那金髮女郎向他們走來，他們之間，竟然不能聽懂對方的話，尊埃牧師用他隨身所帶的記事本寫了幾句話，交給那金髮女郎看，但金髮女郎也看不懂。而金髮女郎寫的字，他們也莫名其妙。

他們將金髮女郎帶上了車，火山爆發之勢愈來愈是厲害，整個鎮上的居民都開始撤退，那金髮女子是和基度的一家一齊撤退的，她很快地就學會了他們的語言，她說她自己是米倫太太，她的丈夫米倫，在一次飛行中喪了生，除此之外，她幾乎不說什麼，她曾經失蹤了好幾個月，後來又回到古星鎮來，她說在這幾個月中，她到各處去遊歷了一下，她需要安靜，而小鎮中對於她的來臨，卻十分轟動，使她得不到絲毫的安寧。

於是，基度的一家，就跟着她來到了遙遠的東方，一切費用全是米倫太太出的，她好像很有錢，但是她在世上，根本可以說一個親人也沒有，最後，她死了，而她一直不知道基度在暗戀着她，基度將她當作神。

至於那口箱子，那是她第二次在路邊出現的時候就帶着的，米倫太太可以整天不說話，她十分孤獨，但是她像是永遠不會老一樣，她一直是那樣美麗，她的死，也是突如其來的，她可能是自殺的，因為她實在太孤獨了。

歸納起來，基度口中的米倫太太，就是那樣一個神秘莫測的人，她和這個世界，似乎一點關係也沒有，她好像是那一次突如其來火山爆炸的產物一樣。

我心中的疑惑，也到了頂點，當我將基度連拖帶拉，弄至他家門口時，幾乎已天亮了，我回到了家中，坐在書桌之前，取出了那一封信來，我將信封輕輕地在桌上拍着，發出「拍拍」的聲音來。

信封之中，有一柄鑰匙在，那是姬娜告訴我的，姬娜還告訴過我，這柄鑰匙，是米倫太太生前，最喜歡的東西，那麼，從那柄鑰匙之中，是不是可以找到揭開米倫太太神秘身分之謎的？我幾乎忍不住要撕開那封信來了。但是，我還是沒有撕開。我已然下了決心，我不做平時我最恨人家做的事，真要是好奇心太濃了，我寧可到墨西哥去一次，將信交給尊埃牧師，然後再和他一齊閱讀這封信。

我將那封信放進了抽屜，支着頭，想着：我該怎麼辦呢？我該從哪一方面，再去調查這個神秘金髮的米倫太太的一切呢？

對我來說，想要弄明白米倫太太究竟是怎樣身分的一個人，實在是十分困難的。因為基度是最早發現米倫太太的人，而且，和她在一齊生活了十年之久！

但是，基度一樣也不知道米倫太太究竟是什麼身分！

基度只將她當作火山之神，那自然是十分無稽，米倫太太自然是人而不是神，只不過她是如此之神秘，如此之不可測，是以使人將她當作神而已。

我一直想到了天明，才擬好了幾封很長的電文，放在桌上，請白素拍發出去，那是致美洲火山學委員會，和墨西哥火山管理部門的，我問及十年之前，古星鎮附近的那一次火山爆發的詳細情形。在電文中我並且說明，回電的費用，完全由我負責，請他們和我合作，我相信他們一定會答應我的要求的。

然後，我也需要休息了，我回到臥室，並沒有驚動白素，自己躺了下來。她起身時，也是不會驚動我的，這是我們一結婚之後，就養成了的習慣。

我這一覺，一直睡到第二天的下午三時才醒了過來。

我醒來之後，第一眼看到的，便是牀頭櫃上的一張字紙，上面寫着：電報已拍發，考古俱樂部曾兩次來電，請打電話給貝教授。一個叫姬娜的女子打電話來過三次，她竭力想在電話中表示她是一個稚氣未脫的女孩，請轉告她，我不會介意的，她不必那麼費事。

那是白素的留言，看到了最後兩句，我忍不住「哈哈」大笑了起來，她說是「不介意」，可實際上，卻已經大大地介意了！姬娜的確是一個小女孩，而不是大女孩假裝的，我必須向她切實地說明這一點。

我忙跳了起來，我即打了一個電話給姬娜，姬娜一聽到我的聲音，便有些憂鬱地道：「先生，昨天你說，如果我父親肯出讓米倫太太的遺物，他可以得到一筆錢，是不是？他可以得到多少錢？」

我嘆一聲道：「姬娜，我不以為你父親肯出讓米倫太太的遺物，正如你所說，他實在深愛着米倫太太。」

姬娜停了半晌，才道：「可是，他作不了主，現在是媽和我做主了。」

我吃了一驚，道：「你說什麼？」

「我爸爸死了。」姬娜的聲音，與其說是傷心，還不如說是一種如釋重負的解脫，還來得好些。這確然是令我大吃一驚的。

我忙道：「姬娜，你別胡說，那……是不可能的！」

在我來說，那的確是意外之極的一個消息，因為基度昨天晚上還和我在一起，我們幾乎在天亮時分，才分開的，他怎麼可能在突然之間就死了呢？

姬娜嘆了一聲道：「先生，你是我們唯一的朋友了，我怎會騙你？天未亮，警察就來通知我們，爹死了，他是跳進海中淹死的，有人聽到他一面叫着米倫太太的名字，一面跳進了海中去的。」

我呆了半晌，心中不禁十分後悔，如果不是我，基度可能不會喝那麼多的酒！而就算基度每晚上都喝那麼多酒的話，要不是我引他說了那麼多有關米倫太太的事，他或許也不會跳進海中去的。他跳海的原因，實在很簡單，他要到海中去找尋米倫太太！

這樣看來，基度實在是一個君子，他如此深切地愛着米倫太太，而米倫太太只是一個無依無靠的女子，又是在遙遠的東方城市之中，基度只要有半分邪心，米倫太太是一定遭了他的摧殘的了。但是基度卻半點邪心也沒有，他一直將他的感情藏在心中。

這實在是一個十分美麗的愛情故事，而這個愛情故事的結局，雖然很悲慘，卻也是美麗的悲慘，令人迴腸蕩氣。

我呆住了不出聲，姬娜在電話中又道：「先生，爹死了，我們等錢用，媽說，她希望回墨西哥去，她願意出賣任何東西，甚至那一枚紅寶石戒指。」

我忙道：「姬娜，你不必擔心，如果你們願意回墨西哥去，那自然最好，我不但可以負擔你們的旅費，而且可以保證你們回國之後，日子過得很好。」

「謝謝你，先生。」姬娜的聲音十分高興，她對她父親的死，沒有多大的悲哀，那自然是基度終日沉在醉鄉之中，對她們母女兩人的照拂是太少了。

我道：「你等着我，我一小時之內，便到你家裏來。」

我草草地穿好了衣服，駕車離去，我直駛到那俱樂部中，當我進去的時候，貝教授正在打第四次電話給我，他看到了我，忙道：「事情進行如何了？」

我點頭道：「行了，對方所要的代價，是回到墨西哥去的旅費，和她們母女兩人，今後一生，舒服的過日子所需的生活費，你願意出多少錢，隨你好了。」

貝教授側頭想了想，便開了一張三十萬鎊面額的支票給我。我彈着那張支票，道：「我一小時之後回來，還有許多新的發現，向你們報告的，等着我！」

然後，我又來到了姬娜的家中，基度太太在傷心地哭着，另外有幾個墨西哥人也在，他們並不是基度的親戚，只不過是由於大家全在外國，所以聽到了基度的死訊，便來弔唁安慰一番而已，我向姬娜使了一個眼色，和她一齊進了米倫太太的房間中。

我低聲道：「可以使那幾個人快點離去麼？我有話對你母親說。」姬娜點着頭，走了出去，我一個人在米倫太太的房間之中踱步。

這房間實在太小了，而且陳設得如此簡陋，真難以令人想像，在這間房間中，會有一個風華絕代的金髮美人，住了十年那麼久！

我來回地踱着，踱了十來個圈，我忽然覺出，其中有一塊地板，十分鬆動，當我腳踏到一端之際，另一端便會向上蹺了起來！

我心中一動，俯身將那塊地板，撬了起來，在地板之下，是一個小小的孔穴，我伸手過去，取出了一本小小的簿子來，那日記本很薄，但是頁數卻非常之多，上面寫滿了淺藍色的字，而那種極薄的紙張，是淺灰色的。那種紙雖然很薄，但是卻絕不是透明的！

我草草翻了一下，所有的字中，我一個也不認識，而不但是文字，那簿子之中，間中還有不少圖片裝釘着。字文我看不懂，圖片我卻是可以看得明白的。

那看來像是一本日記簿，每隔上二十幾頁，就有一幅圖片，而且還是彩色精印的，那種印刷之精美，我實在是難以形容，它們給人以一種神奇的感覺，在一看之下，彷彿人便已進入了圖片之中去了！

我在不由自主之間，連呼吸也急促了起來，因為我知道，我一定是發現了一樣極其重要的東西，那本本子自然是米倫太太留下的，和米倫太太的身分秘密，一定有着其重大的關係，可是那上面的文字，我卻一個也看不懂，幸而，圖片是沒有隔閡，我急速地翻着，那些圖片，大多數全是風景圖片。

那是美麗之極的風景圖片，有崇峻的高山，有碧波如鏡的湖，也有綠得可愛的草原，還有許多美麗得驚心動魄的花朵，我一張一張地翻了過去，在翻到最後一張的時侯，我才看到了那是兩個人。

那兩個人是一男一女，那男的身形十分高大，比那女的足足高出一個頭，寬額深目，十分之好看。而真正好看的，卻還是那一個女子，那是一個金髮女郎，她的一頭純金色的頭髮，直長到了腰際，散散地披着，像是一朵金色的雲彩一樣地襯托着她苗條的身形。

在那一刹間，我甚至有了一種窒息之感，如果這個金髮美人就是米倫太太的話，那麼，是難怪基度會如此深切地愛着她的，我只不過看到了她的照片，在感覺上而言，已然是如此之難以形容了！

那真是難以想像的，如果我真的看到了那樣一個金髮美人的話，會有什麼感覺。

第四部

一艘大型潛艇

我吸了一口氣，這時，已聽到了門柄轉動的聲音，我連忙將那本小本子藏了起來，向外面走去，外面已只有姬娜和她的母親兩個人在了，我來到基度太太的身邊，她抬起頭來，苦笑着：「他終於跟着她去了。」

我明白她講的是什麼意思，基度太太又道：「我一點也不怪他，因為她是那樣迷人，誰都會為她着迷的。」

我略想了一想，便自袋中取出了那本簿子來，翻到了有那一男一女圖片的那一頁，遞到了基度太太的面前，道：「你看，你們稱之為米倫太太的是她麼？」

基度太太深吸了一口氣，道：「是她，你是在哪裏找到的？那是她，這照片拍得很好，但是她真人更美麗。」

我沒有再說什麼，又藏好了那本簿子，將那張支票取了出來，基度太太一定從來也未曾見過那麼人面額的支票，是以我必須作一番解釋才可以使她明白，這張支票不但可以使她回國，而且可以使她以後的日子，過得非常之好，不必再憂衣食。

基度太太高興和感激得在房中團團轉，道：「你可以取走她的一切東西，你全取去好了，還有這個，我當然也給你，因為那也是她的東西。」她一面說，一面脫下了那枚紅寶石戒指來。

我接過了那枚戒指，那實在是美麗之極的一枚戒指！

當我接過戒指來的那一剎間，我心中不由自主，想起像米倫太太那樣的美人，如果戴着那樣一枚戒指的話，那將是如何令人神往的一種美麗？基度在這十年中，精神上雖然很痛苦，但是我卻很羨慕他！

因為他看見過那種情景。

我將那枚戒指掂了掂，轉過身來，向站在一旁的姬娜招了招手，姬娜向我走了過來，我將這枚戒指，套進了她的手指之中，道：「姬娜，這是我送給你的。」姬娜張大了口，一句話也說不出來，我在她的頭上輕輕地拍着，道：「記得，姬娜，這枚戒指，是十分名貴的東西，你戴上之後，最好不要再除下來。」

姬娜興奮得流出了淚來，我又轉向基度太太，道：「我相信，我可能會到古星鎮去的，我要去看尊埃牧師，到時我們可能會見面的，我可以取走那箱子麼？」

「可以，可以！」基度太太連聲說着。

我又走進米倫太太的房間，將那神像放進了木箱之中，然後，提着木箱，向基度太太和姬娜告辭，三十分鐘之後，我已經和貝教授他們七個人在一起了。

這實在是一項十分公平的買賣，基度太太和姬娜，在得到了支票和戒指之後，大喜若狂，但是貝教授他們，在看到了那箱子之中的東西之後，他們的喜悅，絕不在姬娜和她的母親之下，貝教授立時握住了我的手，道：「衛斯理，你已經是我們的會員了！」

我忙道：「你們看看清楚，這些東西是不是有價值。」

貝教授大聲道：「這一切全是無價之寶，我們經過了通宵的研究，以及和哥迪教授的越洋長途電話的討論，哥迪教授認為，那塊石頭上的文字，是人類有歷史記載之前的東西，在不知多少年前，墨西哥可能已有高度文化的人在活着！」

貝教授講得揮手頓足，興奮之極。的確，對一個深嗜考古的人來說，的確是沒有什麼發現比這個發現更值得令他興奮的了，但是我卻不得不掃他的興。

我道：「貝教授，你別忘記，這一切的東西，都屬於一個叫米倫太太的女子的。」

貝教授揮着手，道：「那有什麼稀奇。當然是這個米倫太太在無意之中發現這些古物，便據為己有了，是不？」

我搖着頭，道：「不，我不這樣認為，第一，你們看，這箱子是木製的，這織錦是一種纖維，如果照你們或哥迪教授的說法，那是史前的東西，那至少已有幾百萬年了，這些東西，怎可能如此地完整？」

貝教授忙又道：「朋友，在考古研究之中，我們所不可忽略的是，有許多現代人所不知道的特殊因素，例如我們不知道古埃及人用什麼方法製造木乃伊！」

我笑着，道：「好，那麼，我再給你們看一件東西，那是什麼？」

我取了那本簿子來，放在桌上，他們七個人輪流地看着，現出驚訝莫名的神色來，我又道：「那個金髮美人，就是物件的主人，她叫米倫太太。」

他們幾個人真的呆住了。

他們呆了足足有兩分鐘之久，然後才一齊叫了起來，道：「那是不可能的。」

我聳聳肩道：「那是什麼意思，你們不以為我是揑造了事實，或者這本簿子是我偽造的麼？我想你們總也看出，那簿子上的文字，和這些『銀元』上的字，是同一體系的。各位先生，如果那是屬於史前文化的話，那麼，你們認為米倫太太是什麼人？」

他們七個人，個個瞪目結舌，不知所對，我又道：「我想，你們不致於認為這位米倫太太，是史前那些有文化的人中的唯一的後裔吧。我看，事情和你們所設想的，多少有些不同了，那不是史前的東西。」

過了好久，貝教授才反問我，道：「那麼，是什麼？」

我苦笑了起來，道：「我不知道，各位，我一點也不知道，我還可以告訴各位——」

我將基度的話，轉述了三遍，而且，也向他們說明，基度已經死了。當我說完之後，貝教授大聲叫了起來，道：「我們到墨西哥去，到古星鎮去！」

其餘六人中，立時有三人附議，可是我卻不希望他們都去，他們都是極有身分的人，他們行動，受人注意，而這件事，從一開始起，便籠罩着一種十分神秘的氣氛，使我感到，整件事的底細，如果揭發出來的話，一定是十分之駭人聽聞的。

所以，我心中便自然而然不想這件事太轟動。我道：「你們去了，也沒有什麼作用，而我倒是真的要去走一趟，我要替尊埃牧師送那一封信去。」

「衛，」他們之中有人叫着，「將那封信拆開來看看，那樣，我們或許立時可知事情究竟了，信在你身上麼？」

看他的情形，信若是在我身上的話，他一定會不顧一切地將信搶過去，拆開來看個究竟的，但信卻不在我的身上，我搖頭道：「不在，而且，我也不會拆開來的，我立時動身，一見到那位牧師，我就將信交給他，他一定會將信給我看的，我立時拍電報給你們！」

他們無可奈何地搖着頭，我將那本簿子取了回來，道：「這是我自己發現的東西，不在你們交易的範圍之內，而且，這也絕不像什麼古董，是不是？」

他們沒有説什麼，我離開了那俱樂部，駕車回家，我有一種異乎尋常的迷迷矇矇的感覺，那種感覺是十分難以形容的，貝教授他們説，那些東西是史前的遺物，但是從那本簿子上，我卻感到，那不是地球上的東西。

換句説話，那位美麗的米倫太太，根本不是地球人！

這樣的感覺，似乎荒誕了些，但是當我回家之後，我已接到了美洲火山學會的詳細覆電，他們說，十年之前，墨西哥南端的火山爆發，是由於受到一種突如其來的震盪所致的，那種震盪，可能是源於一種猛烈的撞擊，恰好在火山中發生所致。

一種猛烈的撞擊！

那是不是可以設想為一艘龐大的太空船，突如其來的降落呢？太空船降進了火山口，引致火山爆發，總不能說沒有這個可能！

我認為我所設想的，已和事實漸漸接近了，米倫太太和米倫先生駕駛的太空船降落地球，米倫先生死亡了，米倫太太便只好孤寂地在地球上留了下來。

這樣的假設，不是和事實很接近了麼？

我一面辦理到墨西哥去的手續，一面仍然不斷地研究着那本簿子中的文字和圖片。那簿子上的文字，毫無疑問是十分有系統和規律的，但是由於我根本一個字也不認識，所以自然也沒有法子看懂它們。

倒是那幾張圖片，愈看愈引起我巨大的興趣。我已經說過，那些圖片印刷之精美，是無與倫比的，它們雖然小，但是卻使人一看就有置身其間之感。

那些圖片上展示的風景，都美麗得難以形容，那種碧綠的草原，清澈的溪水，澄清的湖，積雪的山，一切景物，全都令人心曠神怡，有一種説不出來的舒服之感，這究竟是什麼星球呢？竟如此之美麗！

那星球，若是從這些圖片上看來，無疑比地球更美麗！

那些風景，非但比地球上的風景更美麗，而且，給人以一種十分恬靜寧謐之感，真有一種「仙境」的味道。我自然不知道那是什麼星球，但是如果叫我離開地球，到那星球去生活的話，我是會考慮的。

我有點奇怪，何以那個星球上的人，會和地球人一模一樣，而且看來，不但人一樣，連草、木，也是一樣的。當我發現這一點的時候，我開始用一個放大鏡，仔細地檢查着那些美麗的風景圖片。

我可以在那些圖片上，輕而易舉地叫出好幾種花卉的名稱來，那是野百合花，那是紫羅蘭，我還可以看到艷紫的成熟了的草莓。最後，在清溪之中，我又看到了一群魚，毫無疑問，那種魚有一個很正式的名稱，叫作「旁鱗鯽」，但俗稱則叫作青衣魚。

我可以毫無疑問地肯定在那溪水中的是那種魚，不但是因為我已經提及過，那些圖片的印刷極其精美，使我可以在放大鏡之下，清楚地看到那種魚背脊所閃起的青色的反光。

而且，那種魚游的時候，喜歡一條在前，兩條在後相隨，所以又叫做「婢妾魚」，而那時，這一群魚，大多數正保持着那樣的形態在水中向前游着。

當我發現到這一點的時候，我的心中，對我的假設，又起了動搖。

我剛才的假設是：米倫太太是來自另一個星球，因為太空船的失事，而不得不羈留在地球上，所以她是星球人。

我這樣的假設，本來是很合理的，但是現在我卻起了懷疑：如果米倫太太是來自另一個星球的話，那麼，這個星球上的一切，和地球未免太相似了！

在茫茫的太空中，會有兩個環境完全相同的星球，以致在這兩個星球上所發展的一切生物，都完全相同的可能麼？

那實在是無法令人想像的事！

那麼，米倫太太不是來自別的星球的了？這些圖片上的風景，就是地球？我的心中着實亂得可以。

我獨自一個人，對着那本簿子，足有兩天之久，但除了發現圖片上的一切，和地球都完全相同這一點外，我並沒有發現別的什麼。

第三天，旅行的手續已辦妥了，我準備啟程去墨西哥，在這兩天中，我未曾和姬娜母女聯絡，我想她們大約還未曾離開，或者我還可以和她們一齊前往。

但是當我打電話到他們家中去的時候，電話鈴一直響着，卻沒有人接聽，我不得不放下電話來，心中十分疑惑。她們不應該在離去前不通知我的！

或者她們正在準備離去，不在家中，而我自己，也一樣要做些準備工作，是以我吩咐家人，不住地打電話給姬娜，直到接通為止，我則去做準備工作。

可是到我黃昏回來的時候，姬娜的電話，仍然沒有接通，我心中的疑惑更甚，不得不親自上門去找她們。

我駕着車子，當時是傍晚時分，車子經過的道路，就是幾天之前，我為了閃避一隻癩皮狗，而和那輛大房車相撞的那條路，那隻被撞壞的郵筒，已然換上了一個新的，一切看來似乎和以前一樣。

但是對我來說，卻是完全不同了，因為我已發現了一件十分奇特的怪事！我心中在暗暗希望着，這件事最好不要再另生枝節了。

但即使我心中在暗中那樣希望時，我已然知道事情必然還會有意外的波折的，因為這件事的本身，實在太神秘了，使我下意識感到沒有那麼容易便會有答案的。

我來到了姬娜家門口，按着門鈴，好久都沒有人來開門，我決定先將門弄開，在屋子中等她們。我用百合鑰匙，輕而易舉地打開了門，走了進去。

我才跨進了一步，便呆住了！

天色已黑了下來，屋子中灰矇矇地，但是我卻立即清楚地可以看到地上有着一件不應該在地上的東西！

那東西，就是我送給姬娜的那隻會走會叫的洋娃娃！

那隻洋娃娃不但在地上，而且，它的一隻手臂還折斷了，顯然是經過十分大力的拉扯，這隻洋娃娃是姬娜十分喜愛的東西，我和姬娜的友誼，也可以說是在這隻精巧的娃娃之上建立起來的。

雖然，我交給基度太太的那張支票，可以使姬娜購買許多那樣的洋娃娃，但是姬娜絕對不是那樣的女孩子，這隻洋娃娃被扯壞了，棄置在地上，這是說明了一點：姬娜母女，已遭到可怕的意外！

我在門口呆了並沒有多久，連忙走進去，在地上拾起那隻洋娃娃來，直走到電話之旁，當時我已決定立即向警方報告這件事了，可是，我的手才放在電話上，便突然聽到身後響起了一個聲音，道：「將手放在頭上，別動。」

那聲音生硬而帶有外國口音，我呆了一呆，想轉過頭去，看一看我身後的究竟是什麼人。

但是我身後那人，分明十分善於監視別人，我還未曾轉過頭去，他便已然喝道：「別轉頭，我們有槍，你一動，我們就發射！」他並不是虛言恫嚇，因為我聽到扳動保險掣的聲音。

這時候，我的心中實是又驚、又怒、又是疑惑。當我才一看到那隻洋娃娃被棄置在地上，想到姬娜母女，可能已發生了事故之際，我只當那是因為她們突然有了巨款，是以才招致了意想不到的禍事。

她們或者是遭了她們同國人的搶掠——我當初的確是那樣想着的。但現在，事實卻顯然完全不是那樣的了。

因為在我身後，喝我不要動的那人，其口氣、動作，完全是一個老於此道的人，而絕不是臨時見財起意的歹人。

我放下了那隻洋娃娃，依言將雙手放在頭上，我竭力鎮定着，道：「你們是什麼人？姬娜和她的母親怎麼了？」

我的這兩個問題，都沒有得到回答，我只是聽到，在我身後，有好幾個人的腳步聲，在走來走去，接着便有一個人道：「沒有發現，找不到什麼。」

另一個人則道：「這個人，一定就是她們所說的那個中國人衛斯理了。」

我大聲道：「不錯，我就是衛斯理，你們是誰，你們究竟在幹什麼？你們是警方人員麼？怎麼可以隨便闖進別人家裏來？姬娜和她的母親，究竟——」

我沒有能講完我的話。

因為當我講到一半的時候，我覺出在我身後的那人，在迅速地向我接近，同時，由身後的一股微風，我可以知道，那人正在用力舉起手來！

他是想用什麼東西，敲擊我的後腦，令我昏過去！

我不等他這一下敲擊來臨，右肘便猛地向後一縮，一肘向後，疾衝了出去，那人已經來到了我背後極近的地方，是以我那一撞是不可能撞不中的。

而在我右肘撞出之際，我的左手也沒有閒着，我左手向身後反抓了出去，抓住了那人的衣服，而我自己也在那剎間，轉過身來。

本來那人是在我的背後威脅着我的，可是在一秒鐘之內，形勢卻完全改觀了，我右肘重重地在那人的胸口撞了一下，同時左手又抓住了那個人！

所以，當我轉過身來之後，那人不但已被我制服，失去了抵抗的能力，而且，他還擋在我的前面，成了我的護身，他手中的槍（本來是他用來想敲我後腦的），也在我一伸手下，而到了我的手中！

但是，當我一轉過身來，看清了眼前的情形之後，我卻一點也不樂觀！

在我的面前，至少有六個人之多。而且，那六個人，顯然全是對於一切緊急局面，極有應付經驗的人，因為就在我轉身過來的那一剎間，他們都已找到了掩蔽物，有兩個甚至已經立時閃身進了房間！

我絕不以為我可以對付他們六個人，雖然我有槍在手，而且還制住了一個人。

所以，我並沒有採取什麼新的行動，只是扭住了那人的手臂，讓那人仍然擋在我的身前，然後，才揚了揚槍，道：「各位，現在我們可以談談了！」

在我的那句話之後，屋中靜得出奇。誰也不說話。

我勉強笑了一聲，道：「好了，你們是何方神聖？」

我連問了兩聲，才聽得一個躲在後面的人道：「放下你手中的槍，那才能和我談！」

我心中怒意陡地升了起來，厲聲道：「要我放下槍，那你們也得放下槍，你們如果不回答我的問題，我立即向街上開槍，警察也立時會上來的！」

在沙發椅後面的一個人，緩緩地站起身子來，道：「請你別和我們為敵，我們之間實在是不該有敵意的！」

我冷笑了一聲，道：「是麼？在我的背後突然用槍指着我，又想用槍柄敲擊我的腦袋，令我昏過去，這一切全是友善的表示麼？」

「我們，我們只不過想請你回去，問你一些問題而已！」那人已完全站了起來，他是一個身形十分魁偉的人。

我依然冷笑着，道：「我不明白那是什麼邀請方式，現在，你們先回答我的問題。」

那人遲疑了一下，道：「可以的，我們會回答的。」

我問的仍然是那個老問題，我問道：「你們究竟是什麼人？」

那人十分鄭重地道：「我們是現役軍官，海軍軍官。」這回答倒是大大出乎我意料之外的，我又忙道：「屬於哪一個國家？」

他說了一個國家的名字，然後道：「我是季洛夫上校。」

季洛夫上校所說出的那個國家的名稱，令得我震動了一下。這個國家的名字一被提及，通常就立時被人和特務、間諜聯想在一齊，這使我更加不明白，季洛夫上校和那麼多人在這裏是做什麼。

基度兩夫婦是間諜？那實在太可笑了。姬娜是間諜？那簡直荒謬，那麼，難道米倫太太，是一個美麗的女間諜？

我的心中又亂了起來，那些我所看不懂的文字，難道只是特務用的密碼，那當然不是沒有可能的，但米倫太太的出現，又如何解釋？難道全是基度的胡言亂語？

米倫太太的來歷，本來已然煞費思量的了，我甚至曾假設她是星球人，而如今，她的身分，又多了一種可能，那便是，她可能是一個美麗的女間諜！

我的心中亂得可以，我呆了大約有半分鐘，才勉強笑了一下，道：「上校，我想我們間的確不應該有任何敵意的，對於貴國的一切，我十分生疏，而且我也無意知曉，我是想知道姬娜母女的下落。」

「她們在我們那裏，她們提到過你，所以，我們的專家，和我們的司令員，都想和你談一談，我正式邀請你前去，希望你別使我們的關係緊張。」

我實是感到又好氣又好笑，道：「貴國的所有人全是那樣的麼？連你們的外交家也是，如果不照你們意見做，就是導致雙方關係緊張，這是什麼邏輯？」

季洛夫上校道：「事實上，你接受邀請，是對你有好處的。」

我聳聳肩，道：「別說連你自己也不相信的謊言！」上校終於忍不住了，大喝道：「你去不去？……」

我沉聲道：「對了，這樣才好得多，你們要我去，當然是有求於我，我必須知道你們要求我的，是什麼事。」

季洛夫上校還不肯承認，他大聲道：「我們不必求任何人，我們只不過要弄清一些事實，我們要弄明白，米倫太太究竟是什麼人！」

在上校的口中，講出了「米倫太太」這個名字來，那並不令我感到意外，因為我是早已經想到過他們這些人之所以會在這裏，是和米倫太太有關的了。

我心中暗忖，米倫太太是什麼人，這正是我所竭力要弄清楚的事情，看來，跟他們去一次的話，或者對我反而有些幫助，所以我用力一推，將被我握住的人，推開了幾步，道：「好，我們走吧！」

隱蔽起來的人，都走了出來，上校來到了我的身前，道：「可是，你還必須蒙上眼睛，因為我們的行動是私密的。」

我略呆了一呆，心中實在感到十分憤怒，但是細想一下，原是我自己不好，是我先答應他們，而且答應得太爽氣了。

他們這種人，都是一樣的，你答應他們得太容易了，他們便以為自己吃了虧，必然會提出附帶條件來！

所以我忍着氣，道：「有這個必要麼？我保證保守秘密就是。」

季洛夫上校像是完全佔了上風一樣，鐵板着臉，道：「不能，我們不能相信任何人，所以你必須蒙上眼睛。」

我大聲道：「如果那樣，那麼，我就不去，別忘了我手中還有槍！」

我的回答，顯然是出於上校的意料之外的，他呆了一呆，才道：「如果你一定不肯蒙上眼睛，那麼，如果我們的秘密被泄露了，對你是不利的。」

我立時回敬他，道：「你們的秘密如果被泄露了，只有你們才會不利，和我有什麼關係？我不妨告訴你，我本人，對米倫太太也很有興趣，我之所以答應跟你們去，完全是為了我本人的興趣，明白麼？」我的態度一硬，季洛夫上校便立時變得十分和藹可親了，他甚至作老友狀，拍着我的肩頭，道：「自然，自然，誰不對那樣的金髮美女感到興趣呢？」

季洛夫的話，令我陡地一呆，他怎麼知道米倫太太是金髮美女的？

我連忙那樣問他，可是我的問題，卻反而令得他呆了一呆，他道：「我為什會不知道？是我發現她的啊！」

我心中的疑惑，更達到了頂點，忙道：「你在說什麼？是你發現她的？據我所知，發現她的，是一個墨西哥人，叫基度．馬天奴，而且，是十年前的事了。」

他只是翻了翻眼睛，道：「朋友，我們該走了！」

這時，就算他再提出要將我的眼睛蒙上，才能跟他們走，我也一定會同意的，因為季洛夫也知道米倫太太是一個金髮美人，而且還說什麼是他發現她的。

那實在太不可思議了，而且不可思議的程度，遠在我想像之上。

我知道暫時想在季洛夫上校的口中，再問出些什麼來，是不可能的。他們這個國家的人，最善於在別人的口中套取秘密，而他們自己則守口如瓶。

他們之中，有兩個人已然推開了門，站在樓梯口，我和季洛夫上校一齊走了出去，還有四個人，跟在後面，我們迅即來到了街上，那時天全黑了。

一到了街上，立時有兩輛大房車駛了過來。我，季洛夫和另外兩人上了第一輛，一上了車，車子立時開動，向前疾駛而出，車子是向碼頭駛去的，不到二十分鐘，已然停在碼頭邊上，而一艘遊艇正泊在碼頭邊上，季洛夫上校向那遊艇指了一指，道：「請。」

我又被那五六個人簇擁着，一齊登上了那遊艇，我被季洛夫上校，以及另外三個人，安排在一間艙房之中。我立時可以感到，遊艇以十分高的速度，向外駛去，不一會，便完全沒入黑暗的大海之中了。大約在半小時後，遊艇才停了下來，我們來到了甲板上。

在那半小時之中，我想盡了方法，想逗季洛夫上校講講有關米倫太太的一切，可是，他卻一句也未曾提及米倫太太，只對我講一些全然無關的事。

我在到了甲板上之後，只見四面全是茫茫的大海，正在不明白他們何以要將我帶到甲板上來之際，忽然遊艇搖晃了起來，而這時海面卻十分平靜。

接着，在前面海面突然洶湧起來，接着，一陣水響，一個黑色的、長方形的東西，已從海底下慢慢地升了起來，那是一艘潛艇！

我知道最終的目的地，是那艘潛艇！

我看看那艘潛艇慢慢地升起，冷冷地道：「上校，這是侵犯領海的行為！」

「是的，」上校居然直認不諱，「但如果我們接到抗議，我們可以有九百多種否認的方法，相信你也明白。」

我用鼻孔中的冷笑，表示了我的不屑，上校解嘲地道：「朋友，不單是我們，除非被當場捉住，否則，每一個國家都會作同樣的否認的，對不對？」

我沒有理睬他，這時，那艘潛艇已全部露出水面了，出乎我意料之外的是，那是一艘十分巨大的大型潛艇！

這樣的大型潛艇，竟被用來作為特務用途，的確是很出乎意料之外的，當潛艇完全露出水面之後，遊艇又慢慢地向前靠去，已有人從潛艇處走出來。

我又問道：「姬娜和她的母親，是在潛艇之上麼？」

季洛夫上校狡猾地笑着，道：「請跳到潛艇的甲板上去，快，由於你看到過這遊艇，我們必須毀滅它了。」

我跳上了潛艇的甲板，遊艇上的人全部過來了，潛艇向外駛開了一百多碼之後，一聲巨響，那一艘遊艇果然起了爆炸，轉眼之間，便消失無蹤了。

季洛夫上校帶着我，走進了潛艇，在潛艇內部狹窄的走廊中走着，不一會，便到了一扇門之前，那扇門立時打開，門內是一個相當大的艙房。

這個艙房當然不是如何宏大，但是對一艘潛艇而言，卻已是夠大的了。因此我可以立即相信，在艙中的那幾個人，一定全是十分重要的人物。

在一張辦公桌之後，坐着一個留着山羊鬍子，穿着海軍少將制服的將軍，他大約就是上校口中的司令員了。

而其餘三個人，則看來不像是軍人，他們多半便是上校口中的「專家」，但是我卻沒有法子判斷他究竟是哪一方面的專家。

季洛夫在門口立正，那少將點着頭，道：「進來，你們全進來。」

季洛夫上校和我一齊走了進去，門已自動關上，那少將站了起來，向我伸出了手，他自我介紹道：「海軍少將肯斯基，歡迎你前來，我們想知道一些事，請坐。」

我坐了下來，肯斯基少將立時道：「有一位米倫太太，你是認識的？」

我看到另一個人，按下了一具錄音機的掣，顯然他們是認為我的回答，是十分重要，有着記錄的價值的。

我搖了搖頭，道：「我不認識米倫太太，但是我知道有這位女士。」

肯斯基的雙眉皺了一皺，道：「我們又知道，你花了一筆巨款，收買了米倫太太的一些東西，那些東西實在是不值錢，為什麼你對之那樣有興趣？」

我仍然據實答道：「將軍，那是基於考古上的理由。」

肯斯基一聽，立時放肆地笑了起來，道：「考古的理由，哈哈，這是多麼好的理由啊，現在，請你將那些東西交出來，我們要研究米倫太太這個人。」

別說肯斯基的態度是如此惡劣，就算他好言相勸的話，也是難以答應他的了，是以我只是冷冷地道：「對不起，我只不過是受人所託，收買那些東西，而那的的確確，是為了考古上的理由，那些東西，現在不在我這裏，而你們要來也沒有用處的。」

肯斯基少將伸手一拍桌子，厲聲道：「是不是有用，這等我們來決定。」

我怒道：「你們有本事，就自己回去拿回來好了！」

肯斯基奸笑着，道：「所以我們才將你扣留，要在你身上得到那些東西！」

我直跳了起來，道：「你說什麼？你們憑什麼扣留我？我是季洛夫上校請來和你們共同商量事情的，什麼叫扣留，你必須好好地向我解釋這說法！」

肯斯基冷冷地道：「何必解釋？你現在是在我們的潛艇之內，你沒有反抗的餘地，那就是你已被扣留的事實！」

我待要向前衝去，可是肯斯基立時用一柄槍指住了我。

我也只好坐着不動，肯斯基道：「或許，給你時間考慮一下，你會合作。或許，讓你和米倫太太見見面，你們可以商量一下，是不是該說實話？」

在那一剎間，我實在呆住了！

肯斯基在說什麼？讓我和米倫太太見一見面？

米倫太太不是早在半年前死了麼？我如何見得到她？

我呆了半晌，才道：「我不明白你說的是什麼意思。」

肯斯基冷笑着，道：「我的意思是，你和米倫太太是同黨，米倫太太來刺探有關我國潛艇活動的情報，她刺探不止一日了，直到被我們發現為止！」

我大力地搖着頭，這是什麼話？實在令人難以接受！

而肯斯基則繼續着，道：「而她已得了許多資料，那些資料，現在在你的手中了！」

我仍然只好搖着頭，而講不出任何的話來。讀者諸君，如果你們在我這樣的情形下，有什麼話可以說的？在那時，我只是想，我們之間，一定有一方面是瘋子，不是我瘋了，就是肯斯基他們是瘋子！

第五部

和米倫太太在一起

再不然，就是我所知道的米倫太太，和他們口中的米倫太太，根本是兩個人！

肯斯基又陰聲細氣地笑着，道：「好了，我們並不想難為你，甚至也不想難為米倫太太，但是我們卻絕不想我們潛艇的秘密泄露，你明白我們的意思了麼？」

我只是苦笑着，老實說，我一點也不明白，他們究竟在說些什麼，我一點也不明白！我完全給他們弄糊塗了！

肯斯基又道：「我們只想得回你們所得到的資料，然後，你和米倫太太，都可以離開這裏，我們以後再也不會見面，我們可以將這件事完全忘記，你同意麼？」

我竭力想自我紛亂的思緒中理出一個頭緒來，但是我卻無法做到這一點，但是，在突然間，我的心中卻陡地一動，我立時問道：「我可以見見米倫太太麼？」

我在問出這一句話的時候，我的心劇烈地跳動着，連氣息也不禁急促了起來，我急切地等着對方的回答。

可是天地良心，那時，我也不知道，如果對方竟然立時答應了我的話，我會不會昏過去，因為米倫太太是那樣神秘的一個人物，而且，在我所知有關她的一切中，她是一個早在半年前便已死去的人。

而我竟能和這樣的人見面，那實在是太難想像了！

肯斯基陰森森地望着我，大約有半分鐘不講話，他大概是想藉此來考察我的反應，但是我真感激這半分鐘的間歇。在這半分鐘之中，我已經作好了思想準備，不論他怎樣回答我，我都不致於失態了！

肯斯基在望了我足足半分鐘之後，卻還不直接回答我的問題，只是反問道：「你為什麼要見她？」

我立時道：「正如你所說，我是她的同黨，那麼，在我有所決定之前，不是要先和她商量一下，才能決定麼？」

這時，我心中早已不顧一切，是同黨也好，不是同黨也好，只要能見到米倫太太就可以了。我那樣說，就是為了使肯斯基可以考慮，答應我的要求。果然，我的話使肯斯基有點心動了，他又沉吟了片刻，才道：「好，你可以和她見面。但是，我只給你一分鐘的時間。」

我連連點頭，已然急不及待地站了起來，肯斯基向一旁的一個尉官揮了手，道：「帶他去見米倫太太！」

我的心頭又怦怦亂跳了起來！

我可以見到米倫太太了，我立即可以見到她了！米倫太太本來已經是夠神秘的了，自從我從一個如此偶然的機會中，知道有她這個人存在以來，她最初的身分在我的想像之中，是一個孤零零的老婦人，但後來才在姬娜的口中，知道她是一個金髮美人。

而接着，我又在基度的口中，知道她是在一次火山爆發中突然出現的，於是，可猜想她是來自別的星球的人，但不論我如何猜想，我都當米倫太太是早已死了的，她在半年前死去，這似乎是事實。

但現在，連這一點事實，也起了改變！

米倫太太竟然沒有死，她被當作了一個美麗的女間諜，她如今正被困在這艘潛艇之上，這一切，實在是太不可思議了，她沒有死，為什麼基度說她已死了呢？她和基度之間，究竟有着什麼曲折的經過呢？

我的心中只是一片混亂，摸不出絲毫的頭緒來。我跟在那尉官的後面，向外走去，而且，我立即可以覺出，在我的身後，又有一個人跟着我、監視着我。

我的心中雖然混亂，但是卻也十分興奮，因為不論如何，我總是快可以見到這個神秘莫測的金髮美人了！

潛艇的走廊十分狹窄，只能容一個人走過，而每當對面有人來時，便不得不停下來，側身讓我們先通過，不多久，已來到了潛艇的尾部。

那尉官在一間艙房前停了下來，艙房前，有一個衛兵守着，那尉官吩咐道：「將門打開，司令命令這個人去見米倫太太，她還是一樣不說話麼？」

那尉官前幾句話，全然是官樣文章，講來十分之嚴肅，但是最後一句話，卻十分異樣，分明是他對米倫太太，表示十分關心，這很令人覺得奇怪。

那衛兵的回答更使我愕然，他的語調竟然十分之傷感，只聽得他道：「是的，她一聲不出，一句話也不肯說！」

而那尉官在聽了之後，居然還嘆了一口氣！

我心中只覺得有趣，米倫太太是被以間諜的罪名，困在這艘潛艇之中的，但是，她卻顯然得到了潛艇上官兵的同情，那是為了什麼？是不是為了她過人的美麗，使人不由自主地產生出憐憫之心來呢？

那尉官在嘆了一口氣之後，揮了揮手，道：「將門打開來，讓他進去，記得，司令只准他們會面十分鐘，十分鐘之後，將門打開，將他帶出來！」

「是！」衛兵答應着，取出鑰匙，打開了鎖，緩緩地推開了門。那時，我實在已經急不及待了！

那衛兵才一將門推開，我立時便向門內望去，那是一間很小的艙房，可能是軍官的艙房，房中有成丁字形的上下兩個鋪位，在下面的一個鋪位上，有一個女人，正背向着門，躺着。

我自然看不清她的臉面，可是，那女人一頭美麗的金髮，卻毫無保留地呈現在我的眼前。那是什麼樣的金頭髮，我實在難以形容！

金髮十分長，從鋪上瀉到了地面，就像是一道金色的瀑布一樣！

如果真要我形容的話，那我只能說，那不是頭髮，而是一根根的純金絲，但是純金絲卻又沒有那樣柔和，純金絲是沒有生命的，她的金髮則充滿了生命的光輝！

我深深地吸了一口氣，聽得艙房的門被關上的聲音。

我看到隨着我吸氣的聲音，和艙房門被關上的聲音，躺在鋪上的那女子，略動了一動。隨着她的一動，她滿頭金髮，閃起了一層輕柔之極的波浪。

我被允許的時間只有十分鐘，而我又是一個性急的人，照理來說，我應該立時開始和米倫太太交談才是，但是不知為了什麼，我卻只是呆立不動。

我不知呆了多久時間，大約至少有三分鐘之久吧，我才叫道：「米倫太太，你可是米倫太太麼？」

鋪上的那金髮女子伸手理了理她的頭髮，她的手指是如此之纖細潔白，看來像是一碰就會斷折的玉一樣，然後，她慢慢彎起身，坐直了她的身子。

這時，她已是面對我的了。

她望着我，我自然也立即望着她，而當我一望到她時，我便不由自主，向後退出了一步，我那一步是退得如此之突然，如此之倉促，以至令得我的背部，「砰」地一聲響，重重地撞在艙房的門上！

那一撞雖然重，可是我卻一點也不覺得痛，因為我完全呆住了，我全身所有的注意力，都被米倫太太吸引去了，那時，別說我只是背在門上撞了一下，就算有人在我背上刺上幾刀的話，我也不會有感覺的。

當我看到米倫太太時，我第一個印象便是：她是人麼？

她那頭金髮，是如此之燦然生光，而她的臉色，卻是白到了令人難以相信的地步，和最純淨的白色大理石毫無分別，唯一的分別是大理石是死的，她是活的。

她的眼珠是湖藍色，明澈得使人難以相信，她的雙眉細而淡，是以使得她那種臉型，看來更加是有古典美。

她坐着，望着我，而我的心中則不斷地在問：她是人麼？她是人，還是一具完美無比的希臘時代的作品呢？還是，正如基度所說，她根本是女神呢？

基度曾說過米倫太太美麗，他說，任何男人一見到她，都會愛上她的，那真是一點不錯的。但是需要補充的是，那種「愛」，和愛情似乎略有不同，而是人類對一切美好的物事的那種愛，是全然出自真誠，自然而然的。

我在後退了一步之後，至少又呆了兩分鐘之久，才又道：「米倫太太？」

她仍然不出聲，而且一動不動。

我勉力想找些話出來，逼她開口，是以我道：「你一定不相信，我知道你，是因為我的車子和別的車子相撞而開始的。」

米倫太太仍然不出聲，我搓了搓手，道：「米倫太太，不論你是什麼人，我們現在都得設法離開這裏，你同意我的話麼？」

米倫太太仍然不出聲，我向前踏出了一步，她已慢慢地站了起來。

她一站了起來，我才發現她十分高，幾乎和我一樣高了，女人有那樣高的身形是很少見的，再加上她的金髮，我想她可能是北歐人。但是，北歐人如何會到了墨西哥去的呢？

我忙又道：「米倫太太，我只有十分鐘的時間和你交談，我已經浪費了一大半時間了，如果你再不肯和我交談的話，可能我再沒有機會見你了！」

但是，米倫太太對我的話，似乎一點也不感到興趣，她轉過了頭去，甚至不再望我了，我苦笑了一下，道：「米倫太太，你有一封信給尊埃牧師，在信中，你想對尊埃牧師說一些什麼？可以告訴我麼？」

米倫太太仍然不出聲，她又緩緩地坐了下來，似乎她除了站起和坐下之外，根本不會有別的動作一樣。

而我也不知道她是不是聽得懂我的話，以前，我對於一個金髮美女何以可以一個人在房中，經年累月不出去一事，感到不可理解，但是現在，我卻完全可以理解了，從米倫太太現在的情形來看，她的確是可以好幾年留在一間房間中不出去的。

我急切地想找話説，可是愈是那樣，就愈是覺得沒有什麼可説的，我甚至急得頓足，又僵了兩分鐘，我才又問了一句，道：「你，你究竟是什麼人？」

米倫太太用她那雙湖藍色的眼睛，向我望了一下，看來她仍然沒有回答我的意思。而在這時，「喂」地一聲，門又被打開了，那衛兵道：「時間到了！」

我轉過身來，也不知是為了什麼緣故，我竟然發那麼大的火，我大聲道：「別打擾我，什麼時間到了？你以為我是在監獄中麼？快走，將門關上！」

如果我的呼喝，竟能起作用的話，那倒好笑了，那衛兵先是呆了一呆，但立時踏了進來，用槍指住了我，喝道：「出去！」

我當然不想出去，但是我也知道，和衛兵多作爭論，是完全沒有用處的，我要再和米倫太太談下去，一定要去和肯斯基交涉，是以我立時走了出去。

我在門口停了一停，道：「米倫太太，我一定立即再來看你，請相信我，我是你的朋友！」

米倫太太仍然不出聲，只是眨了眨她的眼睛，那衛兵將我推了一下，「砰」地將門關上，我大聲叫道：「帶我去見你們的司令，我要見肯斯基！」

兩個尉官立時向我走來，我重提我的要求，那兩個尉官立時將我帶回到了肯斯基所住的艙房中，我立時道：「將軍，我要再和米倫太太談下去！」

肯斯基冷冷地道：「你已經談得夠多了，你和她講的是什麼秘密？」

我實是啼笑皆非，大聲道：「你聽着，我不是間諜，米倫太太也不是，米倫太太是什麼人，我還不知道，但如果你有着普通人都具有的好奇心，你應該先設法知道米倫太太究竟是什麼人，而不是瞎纏下去！」

肯斯基道：「我沒有好奇心，而且，我已知她是什麼人了，不必你來提醒我。」

我陡地吸了一口氣，道：「你早已知了，那麼她是什麼人？」

我在那樣問的時候，心中是充滿了希望的，卻不料我得到的回答仍然是：「她是一個女間諜，來自和我們敵對的國家！」

我呆了一呆，我的心中，實在是十分急躁，但是我卻知道，我發急是沒有用的，我甚至不能得罪肯斯基，雖然肯斯基蠢得像一頭驢子，但我要說服他！

我勉力使自己急躁的心情安頓下來，我雙手按在桌子上，身子俯向前，靠近肯斯基，盡量用聽來十分誠懇的聲音告訴他，道：「司令，你錯了！」

卻不料我才說了一句話，肯斯基便已咆哮了起來，他霍地站直身子，由於我正是俯身向着他的，是以他突然站起，幾乎和我頭部相撞，我連忙向後縮了一縮，肯斯基已大叫道：「胡說，在我們國家中，沒有一個人是可以犯錯誤的，我尤其不能，我是司令！」

我仍然心平氣和，道：「但是，你的確是錯了。」

肯斯基又是一聲怪叫，突然伸出巨靈之掌，向我摑了過來，我的忍耐力再好，到了這時，也忍不住了，我自然不會給他摑中，我一伸手，抓住了他的手腕！

同時，我大喝一聲，道：「你蠢得像一頭驢子一樣！」

我一面罵他，一面突然一伸手，肯斯基的整個身子，便被我隔着桌子，直拖了過來，「砰」地跌倒在地上，我正想用力在他那張一看就知是蠢人的臉上，踏上一腳之際，我的背脊卻已被兩管槍指住了。

同時，我的頭頂之上，受了重重的一擊，那一擊，令得我的身子一搖，而立即地，在我的後腦上，又受了同樣沉重的一擊。

我不由自主，鬆開了肯斯基的手腕，身子晃了兩晃，天旋地轉，不省人事，昏了過去。

我無法知道自己昏了過去多久，當我漸漸醒過來的時候，我覺得我的面上，冰涼而潮濕，我睜開眼來，可是卻看不到什麼，因為在我的臉上，覆着一條濕毛巾，那條濕毛巾，可能是令我恢復知覺的原因。

我正想立時掀去臉上的毛巾，坐起身來，但是也就在那一刹間，我聽到了一下輕輕的嘆息聲。那一下嘆息聲，十分低微，十分悠長，聽了令人不由自主，心向下一沉，感到說不出來的惆悵和茫然。

我沒有挪動我的身子，仍然躺着，因為那下嘆息聲，很明顯地，是一位女子發出來的，而我也立時想到，我現在，是在什麼地方呢？和誰在一起呢？

而且，我更進一步想到，我是不是幸運到了在昏了過去之後，被肯斯基將我和米倫太太，囚禁在一起了呢？

如果真是那樣的話，那我實在太幸運了。

我在等着嘆息聲之後的別的聲音，但是我等了足有兩分鐘之久，還是聽不到別的聲音，一直到我正想再度坐起來之際，才又聽到了一句低語。那自然又是一個女子的聲音，可是我卻聽不懂那是一句什麼話。

而在接着那句話之後，是一下嘆息聲，然後，又是一句我所聽不懂的話——是聽不懂，而不是聽不清！

這時候，我幾乎已可以肯定，在發出嘆息聲和低語的，一定是米倫太太了，因為基度曾說過，當他第一次聽到米倫太太的話，他也聽不懂！

而如今，我所聽到的話，也是我從來也未曾聽到過的一種語言，那種語言，聽來音節十分之優美，有點像法文，但當然，那絕不會是法文。是法文的話，我就不應該聽不懂，而可以知道她在講什麼了。

我和米倫太太在一起！

我的心頭狂跳了起來，我在想，我應該怎樣呢？我是拿開覆在我面上的濕毛巾，坐起身來呢，還是繼續躺着不動，仍然假裝我是在昏迷之中呢？

如果我繼續假裝昏迷，那麼，我自然可以繼續聽到她的嘆息聲，和她的自言自語聲，但是我卻始終不能明白她是為了什麼嘆息，和她在講些什麼！

但如果我坐起身來呢？可能她連嘆息聲也不發出來了！

我想了好一會，決定先略為挪動一下身子，表示我正在清醒與昏迷之中掙扎，看看她有什麼反應。我發出了一下輕微的呻吟聲和伸了伸手臂。

在做了那兩下動作之後，我又一動不動。在接下來的半分鐘之內，是極度的靜默，接着，我便聽得那輕柔的聲音道：「你，醒過來了麼？你可以聽到我的話？」我當然聽到了她的話，於是，我又呻吟了一下，伸手向我臉上摸去，裝着我是才醒過來，不知我自己的臉上有着什麼的樣子，但是我的手才一碰到了那毛巾，便另外有一隻手，將毛巾自我臉上取走了。

我深深吸了一口氣，睜開眼來，我看到米倫太太，正站在我的旁邊。她那對湖藍色的眼睛，正望定了我，我連忙彎身坐了起來，她則向後，退出了一步，在那一剎間，我已然看清，我仍然是在剛才見過她的艙房中。

而且，在那一剎間，我也有些明白究竟是發生了一些什麼事了，肯斯基一定是仍然想知道我和米倫太太這兩個「同黨」，商量些什麼，是以他將我們囚在一起，可以進行偷聽以及通過電視來監視我們。

這一切，我全不在乎，我只要能和米倫太太在一起就好了。我摸了摸後腦，道：「好痛，是你令我清醒的麼？謝謝你，米倫太太，十分謝謝你！」

米倫太太望着我，仍然不出聲，我正想再找話說，米倫太太忽然又開口了，她問道：「你，你是什麼人？」

我忙道：「我是姬娜的朋友，姬娜，你記得麼？那可愛的小姑娘！」

米倫太太的臉上，浮起了一重茫然的神色，然後她點了點頭，道：「我記得，她的確是可愛的小姑娘，是她告訴你，她的父親將我拋進了海中的麼？」

「不是，」我搖着頭，「是基度將你拋進海中的？我不知道有這回事，我只知道，基度說你死了，那是半年前的事，他說，是他將你海葬了的。」

「他說謊。」米倫太太緩緩地說，然後又重複着道：「他說謊！」

我深深地吸了一口氣，怒道：「基度這畜牲竟想謀害你？你是被他推下海的？你在海上飄流了半年之久？」

米倫太太道：「不是半年，只有六七天，他不能算是謀害我，但是當時我沒有死，我只是被他推下海去，我……我是要他那麼做的，你聽得明白麼？」

我自然不是理解能力低的人，我還是有着十分清醒的頭腦和善於分析事理的人，但是，我卻不明白米倫太太在說些什麼，我不得不搖着頭，道：「不明白。」

米倫太太苦笑着，道：「那是我要基度做的，那叫作什麼？是了，那叫自殺，是不是？」

我呆了半晌，自殺！在我們這個社會中，自殺並不是一個什麼冷僻的名詞，它甚至還和我們十分熟悉，幾乎每一天都有人在做着那種愚蠢的事情。

但是，自殺這兩個字，和米倫太太要發生聯繫，那實在是超乎想像之外的事！

我呆住了，不知該說什麼才好，米倫太太又苦笑了一下，道：「我說得太多了，我從來也未曾說過那麼多的話，即使對姬娜，我也不曾說得如此之多！」

我忙要求着，道：「說下去，米倫太太，請你說下去！」

米倫太太搖着頭，道：「我說什麼呢？誰知道基度竟是那麼好心，他不將我推下水去，卻將我放在一隻小艇上，任由我在海上飄流，他將我打昏了過去，還在小艇上放着許多食水和食物，他是個好人。」

我問道：「那麼，為什麼他說你在半年之前死了？」

「我不知道。」米倫太太回答，「我不知道，我未曾再見過他。」

我略想了一想，為什麼基度的一家說米倫太太在半年前就死了，仍然很難明白，或許這是他們二人之間的約定，怕人追問米倫太太的去處而出的下策。

而米倫太太竟是想自殺，所以才叫基度推她下海的，而基度卻又不忍那樣做，這一切事情，全是我以前所絕對想不到的，現在我明白了，基度真的是深愛着米倫太太，這是他為什麼在醉後跳海的原因！

他雖然未曾將米倫太太推下海中，但是他的心中，總感到極度的內疚，是以他才在酒醉之後，也在海水中結束了他自己的生命，他可說是一個十分可憐的人！

米倫太太苦笑着，道：「我在海中飄流了幾天，便遇上了這些人，他們一直將我囚在這裏，向我逼問許多我不明白的事，他們是誰，究竟想怎樣？」

我望着她，道：「米倫太太，我可以先問你幾個問題麼？」

米倫太太呆了一呆，並沒有反應。

我緊接着問道：「米倫太太，你是從何處來的？」

這實在是一個十分奇怪的怪問題，當我向她問這個問題的時候，我仍然有點懷疑，她究竟是不是一個地球人。

米倫太太的身子震動了一下，轉過頭去，在她頭部旋轉之際，她的金髮散了開來，揚起了一陣眩目的光芒。

米倫太太在轉過了頭去之後，並沒有回答我這個問題。

她向外走開了兩步，面對着牆，站着不動，我輕輕地走到了她的背後，離得她十分之近，我想將我的手放在她的肩頭上，又想將手輕輕地撫摸她的金髮。

但是我卻只是想，沒有動，我怕驚嚇了她，因為看來，她是如此脆弱，我聽得她喃喃地道：「我是從哪裏來的？究竟是從哪裏來的？我是……」

她這樣講來，突然轉過頭來，面對着我，我和她隔得如此之近，那實在給人窒息的感覺，我深深吸了一口氣，道：「你想說些什麼，米倫太太？」

米倫太太也深深吸了一口氣，道：「太陽，你們叫它為太陽，是不是？」

我大吃了一驚，道：「你，你是從太陽上來的？」

「我從太陽上來？」米倫太太顯然也吃驚了，她重複着我的話，反問着我，「當然不是，太陽是一個不斷地進行氫核子分裂的大火球，沒有什麼生物，能夠在太陽上生長的，我……說得對麼？」

我一疊聲地道：「對，當然對，那麼你是從——」

我因為可以和米倫太太交談了，而感到十分高興，是以在講話之間，不由自主，手舞足蹈，而米倫太太的態度，也變得自然多了，她伸出白玉般的手指來，掠了掠她的金髮，道：「我問你一個問題。」

我道：「請問，請！」

米倫太太先苦澀地笑了一下，道：「太陽，是一系列行星的中心，有許多小星球，是繞着太陽，在它們自己的軌道上不斷運行的，我的說法對不對？」

我呆了一呆，米倫太太竟在如今這樣的情形下，和我討論起天文學上的事情來，這的確有點使我啼笑皆非。但是我還是耐着性子回答她，道：「是的。」

米倫太太再吸了一口氣，看來，她的神情，十分緊張，她那種緊張的神情，使我想到，她以下講出來的話，一定是和她有着十分重大的關係的，她緩緩地道：「那麼，太陽的軌迹上，有多少行星？」

我又呆了一呆，道：「米倫太太，你是問大行星，還是小行星？」

「大的，當然是大的。」米倫太太立時又緊張地說。

「大行星，環繞太陽運行的，那是九個——我是說，到如今為止，我們發現了九個，那便是九大行星。」

米倫太太閉上了她那湖藍色的，美麗的眼睛，道：「那麼，請問，離太陽的距離是光的行進速度八分鐘的那個星球，你稱之為什麼？」

我皺起了眉，一時之間，不明白她問的是什麼。她顯得十分焦急，道：

「我說的是，有一個行星，在大行星中，自離太陽最近的算起，它在第三位，那是什麼星球？」

我已完全明白米倫太太的話了，但是我的心中，疑惑也更甚了，我大聲道：「米倫太太，你說的那星球，那是地球！」

米倫太太又道：「地球在什麼地方？」

地球在什麼地方？

這實在是一句只有白痴才問得出來的話。然而米倫太太那時的神情，卻顯示她正迫切地需要問題的答案。

我也十分用心地答道：「米倫太太，地球一直在它的軌迹中運行！」

「那麼，我們在什麼地方？」

「我們當然在地球上，米倫太太，難道你對這一點，還表示懷疑麼？」我十分有誠意地回答着，但是米倫太太對我的這個回答，卻表示了明顯的失望！

她雙手掩住了臉，轉過身去，又不斷地重複着一單字。我聽不懂這單字是什麼意思，我只是從直覺上，覺得她似乎不斷在說着一個「不」字。我將手輕輕放在她的肩頭上，她在抽噎着，肩頭在微微地發着抖。我低聲道：「米倫太太，你或者是受了什麼刺激，將你的過去完全忘記了？那不要緊，失憶症是很容易治療的。」

失憶症其實是很難治療的，但是為了安慰米倫太太，我卻不得不那樣說。

我的話才一出口，只見米倫太太轉過身來，淚痕滿面，道：「我沒有忘記以前的事，我的記憶一點也沒有受到損害，我的一切，我完全可以記得十分清楚。」

我扶着她，使她坐了下來，道：「那麼，請你對我說說你的過去，如何？或許你不知道，你是一個謎，你是從何處而來的？你為什麼如此美麗，你的那枚戒指上的紅寶石，你箱子中的那些錢幣，何以是世上的人所從來也未曾見過的，你……」

我沒有再說下去，我已經說得夠了，我說了那麼多，已經足夠使對方明白我的結論，我仍在懷疑她來自別的星球！

而她也立時搖了搖頭，道：「我明白你的意思了，你以為我是從別的星球來的，不是屬於你生活的星球的？」

我有點尷尬，因為這是十分荒謬的懷疑，但是我還是點了點頭，表示我的確是那樣地懷疑着她。使我奇怪的是，米倫太太並不以為忤，只是輕嘆了一聲。

她道：「你猜錯了，我和你一樣，全是……地球上的……人。全是……地球人！」

她在講到「地球」和「人」時，總要頓上一頓，從她那種奇怪的語氣中聽來，好像她對「地球」或是「人」這兩個名詞，都感到十分之陌生一樣。

但是，她又自稱是地球人，而絕非來自其他星球！

我忙又道：「你——」

可是我只講了一個字，艙房的一角，肯斯基粗暴的聲音，便突然打斷了我的話頭，肯斯基的聲音，自然是通過隱蔽的傳音器而傳到了艙房中來的。

他大聲咆哮着，道：「夠了，你們兩人的把戲玩夠了！」

我怒道：「我們並不是在玩把戲，像馬戲團中的蠢熊一樣的是你，你最好不要打斷我們的談話，當然，你也絕得不到什麼情報的，因為我們根本不是間諜！」肯斯基繼續咆哮着，罵出了很多極其難聽的話來。接着，「砰」地一聲響，艙房門打開，兩個持槍的軍官指住了我，肯斯基繼續在大叫：「我們要將你帶回去審訊！」

一聽得肯斯基那樣講法，我也不禁吃了一驚，因為一旦被他們帶回去，何年何月才有機會逃出來，那實在不得而知了。我向那兩人叫道：「你們來幹什麼？」

那兩人向我瞪着，並不回答我，只是擺了擺槍口，令我走出船艙去，我吸了一口氣，轉頭向米倫太太望了一眼，米倫太太也向我走了過來。

可是，她還未曾來到我的面前，另一個軍官卻已橫身攔在我和她之間，在那一剎間，我只覺得心中極其難過，因為我知道，他們要將我和米倫太太分開來！

至於為什麼一想到要和米倫太太分開，我便會那樣難過，那我也說不上來，我只是大聲道：「米倫太太，我會再設法來見你的！」

那軍官將槍口在我的腰眼中抵了抵，道：「快走！」

我出了艙房，另一個軍官也退了出來，房門「砰」地一聲關上。

我的心中又感到一陣抽搐，我突然大叫了起來，道：「將米倫太太當成間諜，你們全是瘋子，全是瘋子！」

站在我面前的那個軍官，冷冷地望着我，在我叫嚷了兩下之後，他才道：「我們是有證據的，先生，我們的證據，證明她是女間諜！」

「證據在哪裏？」我立時大聲吼叫。

「你不問，我們也要帶你去看了，看到了證據之後，你也難以再抵賴你的身分了！」那軍官冷冷地回答着。

我冷笑一聲，道：「好，我倒要看看，你們是憑什麼作出那樣錯誤的判斷來的。」

那軍官並沒有再說什麼，就押着我向前走去，走過了肯斯基的艙房，來到了另一間艙房中，那艙房的光線十分黑暗，我可以看到，在幾張椅子上，已經坐着三個人，但是，我卻看不清他們是誰。

我被命令在一張椅上坐了下來，那軍官站在我的後面，他手中的槍，槍口對準了我的後腦，我一坐下之後，他就吩咐道：「只向前看，別四面張望！」

我聽得他這樣吩咐我，不禁呆了一呆，為什麼他不准我四面張望呢？看來這艙房中，並沒有什麼值得保守秘密的東西在！

而我也立即想到，他之所以禁止我四面張望，主要的目的，怕是不讓我看清那黑暗中的三個人究竟是什麼人！

當我一想到這一點之際，我立時聯想到，那三個人一定是十分重要的人物，他們的地位，可能比肯斯基更高，這艘潛艇既然是間諜潛艇，那麼在潛艇上有幾個間諜頭子，也不是十分值得奇怪的事了！

我聽從那軍官的吩咐，並沒有回頭向那三人望去，但是我心中卻已有了一個計劃。

在我坐下不久後，肯斯基也走了進來，肯斯基一進來，在我面前站了一站，發出了「哼」的一聲。

然後，立時向我的身後走去，我聽得他走到了那三人之前，低聲講了一句什麼，然後就坐了下來。

肯斯基是一個十分喜歡咆哮的人，但是他走到了那三人面前所講的那句話，聲音卻十分之低，低得我聽不清楚，從這一點來看，更可以證明我的判斷不錯，那三個人的地位，　定比肯斯基高！

第六部

大海亡魂

肯斯基進來之後不久，又有兩個人走了進來，然後，才聽得肯斯基道：「你還是不承認你自己是間諜，是不？」

「我根本不是間諜。」我十分平靜地回答。

肯斯基冷笑道：「那麼，給你看看這個，或者可以使你的記憶力恢復，知道米倫太太是什麼身分的了，你看，這是什麼？」

隨着肯斯基的話，我聽到有人按下幻燈機開關的聲音，接着，一道光芒，射向我前面的白牆上，我看到了一幅清晰的幻燈片，那是一具儀器。

在那儀器之旁的是一隻手，那隻手的作用，顯然是用來比較儀器的大小之用的，是以我一看便看到，那東西很小，不比一片指甲大多少，它看來像是一具照相機，但是我卻不能確定它究竟是什麼。

我看了幾秒鐘，莫明所以，而肯斯基又問道：「那是什麼東西？」

我呆了一呆，道：「我不知道，看來，像是照相機？」

肯斯基又咆哮了起來，道：「我是在問你，不是要你來反問我！」

我心中在盤算着自己的計劃，是以我盡量避免和肯斯基的衝突，我只是心平氣和地道：「那麼，我不知道這是什麼，我從來未曾看到過這種東西。」

在我講完之後，我聽得有一個人，低聲講了幾句話，那當然不是對我講的，我又立即聽得肯斯基道：「將原物拿給他看，使他的記憶力更好些！」

一名軍官立時道：「是！」

接着，一股燈光，直射在我的面前，一張小几被推了過來，在小几上，就放着那東西，我的好奇心十分之熾，我立時將那東西，放在手中細看着。那東西看來，實在像是一隻照相機，它有一個精光閃閃的鏡頭，它的其他部分，是一種灰色的、堅硬的金屬，看來像是一個整體，難以分得開來。

肯斯基又道：「或許，你可以告訴我們，怎樣打開它？」

我遲疑了一下，道：「這東西，你們可是從米倫太太那裏得到的麼？」

「不錯，我們的人發現她在水上飄流，而將她帶到潛艇之後，在她的身上發現了這個，這一定是一隻攝影機，是我們以前沒有見過的，是間諜用品！」

我吸了一口氣，道：「我可以解釋這東西，但是不是如今這樣的情形下，我需要一隻鑷子，而要聽我解釋的人，應該在我的面前，才能聽明白。」

肯斯基笑了兩聲，道：「這樣好多了，這樣，你或者可以避免被我們帶回國去了，給他一柄鑷了，快去取來！」

有人走出去，不一會又走了回來，將一柄十分尖利的鑷子交了給我，而原來在我身後的三個人，也一齊來到了小几之前。燈光也移動了一下，使我可以看到更多的範圍，我握着那鑷子，心中十分緊張。

我將那鑷子在那東西上面輕輕地敲了一下，道：「這東西，是十分精巧——」我話講到一半，突然雙足一蹬，連人帶椅，一齊向後，疾仰了下去！在我身後，是一直有一個軍官，用槍指住了我的後腦的，我那突如其來的一仰，固然可以使他在剎那間驚惶失措，但是卻仍不能避開他的射擊的！

這便是為什麼我要一柄鑷子的原因了！

我身子向後一仰，手中的鑷子，便已然向那軍官的手腕，陡地刺了出去！

那一刺，其實絕不能令人致命的，但是任何人對於尖銳的利器來襲，都有一種自然而然的恐懼，那軍官也不能例外，我一鑷子刺了上去，他手便向上一揚。

也由於他手向上一揚的緣故，他那一槍，便未曾射中我，而是向艙房上面射了出去，我左手一揚，已一拳擊中了他的下顎骨，同時一扭他的手臂，將他手中的槍，奪了下來，人也立時向後跳去。

我放過了肯斯基不理，一直跳到那三個人面前，那三個人倉皇起立，但是我一伸手，奪來的槍，槍口已陷進了其中的一個的肚子之中，足有一寸深了。

我還是第一次看到這三人，但雖然是第一次，我還是立即可以看出，被我用槍指住了的那個正在開始發胖的中年人，正是三人之中最重要的一個。

我一伸手，握住了他的手腕，把他的手臂扭了過來，而我也在那一剎間，轉到了他的背後，我手中的槍，自然也變成抵在他的背脊之上了，這一切，不過化了我幾秒鐘的時間而已，我已經佔盡上風了！

等到肯斯基拔出他那特大的軍用手槍之際，他已然沒有用武之地了，我已經躲在那人的身後，控制了那人！

那三個人中其餘兩個人，迅速地向一旁跨了出去，他們跨開了兩步，才發出一聲怒吼和驚呼混合的聲音來。

而被我制住的那人，卻自始至終，一聲不出。肯斯基揮着手中的槍，道：「住手，放開他，你一定是瘋了，快放手！」

我也不出聲，由得他去叫嚷，他叫了足有一分鐘，終於喘着氣，停了下來，而我當然沒有鬆手，我等他停口之後，才道：「司令，看來你還是快點着手安排我和米倫太太如何離開這艘潛艇的好！」

肯斯基又咆哮了起來，道：「你在做夢，絕不能！」

我用槍柄敲了敲被我制住的那人的後腦，發出「拍拍」的聲響來，道：「我不是在做夢，倒是你，要想清楚，如果他死在這裏，你會受什麼處分！」

肯斯基張大了口，結結巴巴地道：「你，你知道他是什麼人？」

我並不給他正面回答，只是哈哈大笑了起來，這時候，出乎我意料之外，被我制住的那傢伙，也吼叫了起來，但他並不是向我吼叫，而是向肯斯基。

只聽得他叫道：「快照他的話去做，你知道我死在這裏，你會有什麼結果的！」

肯斯基頓時手足無措起來。

那人又叫道：「快問他，他準備怎樣，照他的話做！」

我不等肯斯基問我，便道：「升上水面去，我相信你們有快艇可以供我和米倫太太離開的。我再一次說明，讓我們離去，對你們毫無損失，我們不是間諜。」

肯斯基為難地望着其他兩人，那兩個人的臉色十分陰沉，木立不動，過了好久，才看到他們兩人，點了點頭，肯斯基這才向外，疾走了出去。

我推着那人，走前幾步，將桌上那好像小型相機也似的東西取過，放入袋中，我準備向米倫太太問那是什麼，然後，我便緊張地等着。在等待中，潛艇彷彿已經升上了水面」。

約莫過了五分鐘，肯斯基才又匆匆地推門，走了進來。

我劈頭就問道：「準備好了麼？」

肯斯基的面色十分難看，道：「你們可以離去，利用子母潛艇，你駕駛過一種由魚雷管發射的小潛艇麼？」

我怒道：「為什麼潛艇不升上水面？而要我們由水下面走？」

肯斯基道：「只能如此，潛艇在未曾接到特別命令之前，是不准浮出水面的。小潛艇在魚雷管發射之後首十分鐘的速度，是每小時九十海浬，以後，也可以保持每小時四十海浬的速度，你們可以安全離去。」

我想了一想，道：「也好，那麼請你帶米倫太太來，和我見面。」

「她已在門外了。」肯斯基立時回答。

我推着那人，向門口走去，門也在這時被打開，我看到米倫太太站在門口，一個衛兵，站在她的身後，她的臉上神情，仍然是十分之陰鬱，我忙道：

「米倫太太，我們立時可以離開這艘潛艇了！」

米倫太太的嘴角略動了一動，可以看出，她心中對於可以恢復自由這件事，並不表示如何熱切，這又使我的心中覺得十分奇怪，她自然不會喜歡囚在此處的。

但是，從她的神情看來，似乎到什麼地方去，在她來說，都沒有什麼分別，她全不喜歡，為什麼這樣美麗、年輕的一個金髮女子，會這樣憂鬱呢？

我不明白，因為我根本不明白她究竟是怎樣的一個人！

我又道：「米倫太太，你不必驚惶，我們立即就可以脫困了，我們一齊由一艘小潛艇離去，我制住了他們的一個大人物！」

米倫大大的嘴掀動了一下，但是她卻仍然沒有說什麼，我苦笑了一下，轉頭對肯斯基道：「好了，我們該在什麼地方離去，要你帶路了，你最好別玩花樣！」

肯斯基悶哼了一聲，大踏步向前走去，我連忙向米倫太太道：「我們走！」

米倫太太默默地向前走着，不一會，便來到了潛艇的艇首部分，我看到了一艘小潛艇，那小潛艇外形像一支雪茄煙，只可以勉強容兩個人。

肯斯基道：「你們先進去，然後，經由彈道發射。」

我冷笑了一下，道：「這是什麼辦法？我們兩人進了小潛艇，你不發射，我們還不是等死？要去，我們三個人一齊去！」

肯斯基冷冷地道：「你自己看得到，這潛艇容不下三個人。」

我也冷冷地道：「那麼你就另外安排別的方法好了。」

肯斯基道：「你們兩人一進去，小潛艇立時經由彈道發射，你們也立即可以離開了，我向你保證這一點！」

我忍不住笑了起來，道：「貴國的所謂保證，究竟有多少價值，我想閣下自己，也不會不知道的，還是少向我談保證，多提供一些切實的辦法吧！」

被我制住的那人，也叫了起來，道：「將潛艇升上水面，讓他們離去，別以為我有那麼大的忍耐力，快！」

我立時補充道：「也別以為我有那麼好的耐性，你要是在十分鐘內想不出辦法來，那麼，我反正是那樣，他的性命——」

我講到這裏，再度用槍柄敲着那人的腦袋，而發出「拍拍」之聲來，那人低聲吼叫着，顯然是心中已怒到了極點。肯斯基苦笑道：「好，好！」

他指着那小潛艇，又道：「米倫太太可以先進去，你可以在小潛艇中，利用自動控制系統，自己將自己射出去，在十分鐘之後，你就離我們十五浬了！」

我遲疑了一下，道：「你弄開艙蓋來，讓我看看。」

肯斯基大聲吩咐着兩名軍官，那兩名軍官揭開了艙蓋，一面解釋着，道：「艙蓋是利用磁性原理緊合的，在五百公尺深度之內是絕對安全的。」

我向艙中看去，有兩個座位，在座位之前，是許多控制儀和表板，其中有一個掣鈕之下，寫着「自動發射」的字樣，看來肯斯基倒不是在胡說八道。

我點了點頭，表示滿意，然後道：「好，將它納入彈道之中再說。」

肯斯基又下了命令，許多器械移動着，小潛艇漸漸升高，它的頭部，伸進一個如魚雷管一樣的口子中，十分吻合，一盞紅燈，在不斷閃閃生光。我吸了一口氣，道：「米倫太太，請你先坐進去。」

米倫太太沒有說什麼，順從地坐了進去，我則沉聲地對被我制住的那人道：「你站在潛艇邊上別動，只要你一動，我就立即開槍，聽到了沒有？」

那傢伙老大不願意地點了點頭，我又大聲叫道：「所有的人退後！」

然後，我跳進了小潛艇，扳下了一個黑色的開關，艙蓋突然合了下來，頂部的一盞燈也着了。這是決定我和米倫太太能否恢復自由的最重要時刻了！

我用力按下了那個「自動發射」掣，潛艇一陣猛烈震動，在突然之間，向前衝了出去，我和米倫太太的身子，都猛地向前衝，頭部撞在儀表板上。

我只覺得一陣劇痛，險險沒有昏了過去，同時，我聽得米倫太太發出了一下呻吟聲，尖聲地叫了起來。她叫些什麼，我完全沒有法子聽得懂，但是我卻可以聽出她語氣中那種極度的、不可遏制的驚恐。

我暫時不能去理會米倫太太，因為我必須控制小潛艇的行進，我知道小潛艇確已脫離那艘大潛艇了。可是，當我想到這一點時，卻已經太遲了！

我還未曾扭開雷達探測屏的開關，一下猛烈的震蕩，便已然發生了。那一陣震蕩，是如此之劇烈，以致在震蕩發生的兩分鐘之後，我全然無法控制局面！

我的身子被從座位上拋了起來，小潛艇的內部，空間是如此之狹窄，但是我的身子還是被拋了起來，那種痛苦，是可想而知的，我只是本能地護住了頭部。

而在那一剎間，我也全然無法知道米倫太太究竟怎麼樣了，我幾乎是失去了知覺，直到我喝了一大口海水。

海水湧進來了，我整個人都浸在海水中了，直到此際，我才從半昏迷的狀態中，醒了過來，我猛烈地掙扎了一下，那下掙扎的結果，使我頭部撞在堅硬礁石上。只不過那倒令我更清醒了許多。

我睜開眼來，水中全是翻滾着的氣泡，但是我還可以看到那潛艇完全毀了，而更令我心膽俱裂的是，我看到米倫太太還在潛艇之中！

我之所以肯定這一點，是因為她的金髮，從潛艇的裂口處，向外飄浮了出來。我連忙向前游了出來，伸手握住了她的手臂。那時，我自己也是筋疲力盡了，但是我還是盡了我最大的力量將她拖了出來。

然後，我扶着礁石，向上游去。

謝謝天，我們並不是在太深的海底，在我肺部的空氣還沒有消耗完之前，我的頭已然冒出了水面，我連忙將米倫太太的頭部托高，使她也露出水面。

我深深地吸了一口氣，發現那是在大海之中的一組孤零零的礁石，它露出海面的範圍不大，最高的地方，離海面也只不過一人高，我相信在浪大的時候，它一定會被海水完全蓋過的。

但即使那只是如此之小的一片礁石，已經使我的心中夠高興的了，因為若是沒有它，我就不能再活了！

米倫太太似乎昏了過去，我將她的上身擱在礁石上，她的金髮仍有一半截浮在海水之上。然後我爬上了礁石，再將她的身子拉了上來。我替她進行着人工呼吸，足足過了五分鐘之久，還是一點動靜也沒有。

我覺得不但是米倫太太，而且是我自己，身子也漸漸地僵硬！

因為，在施行人工呼吸五分鐘而仍然無效之後，我發現，米倫太太已經死了！

她的身上並沒有什麼傷痕，但是她可能是在水中被震得昏迷過去之後，窒息而死的。她真的已經死了，因為她已停止了呼吸。這實在是我無論如何都料不到的一件意外。

本來我以為她早死了，但結果她卻沒有死。而現在，當我以為我和她在一起，可以在她的口中，解釋我心中一切疑團之際，她卻死了，死在我的身邊！

我只覺得我自己，彷彿也成了礁石的一塊一樣，僵硬而又麻木，一動也不動，我只是緊握住了米倫太太的雙手。

米倫太太的面色，看來不會比平時更蒼白多少，她看來仍然那樣美麗，我在僵立了不知多久之後，才將耳朵貼在她的胸前去傾聽，我多麼希望可以傾聽到她的心跳之聲！可是我卻失望了，她已然死了！

死人的心臟自然是不會跳動的，所以我也聽不到任何的聲響，她的雙眼閉着，在她的臉上，似乎仍帶着一種淡淡的哀愁，但也不失為平靜。

我沒有什麼好做的，我只好將她的雙手，放在她的胸前，使她的樣子，看來更加寧靜一些。在最初的幾個小時內，我只是呆呆地望着已死的米倫太太，全然不想為我自己做什麼事，直到天色全黑了下來。

我開始在礁石上踱來踱去，然後又坐了下來，如果在一兩天之間，我不能獲救的話，那麼，我就一定和米倫太太一樣，要死在這一片礁石之上的了！

因為我沒有食水，沒有食物，而更主要的，是我的情緒，如此之沮喪，使得我意志消沉，幾乎不想為生而掙扎！

我呆坐着到天亮，腹中已開始飢餓而絞痛，而口渴得令我覺得我的身子已在乾裂。我從礁石上拉下了幾隻貽貝來生嚼着，然而那卻使得我更加腹部抽搐。

太陽升起來了，像火球一樣地烤着我，我能夠清晰記憶的事，是到那種貽貝奇腥的味道為止，以後的一切，全是模糊的、片斷的和無法連貫的了。

我記得我已無力走動，我在恍惚中，是爬到米倫太太身邊的，到了我又握住了她的手之後，我感到生命已然離我而去，我眼前是一片黑暗，我耳際也聽不到浪拍礁石的那種聲音了，什麼也不覺得了。

當我漸漸又有了知覺之際，我像是在天空中飄動着，突然間，又像是有什麼人惡作劇，將許多麥芒，拋在我的身上，令得我全身刺癢。

接着，又有人將一種辛辣的東西，在我的鼻口上塗着，又似乎有清涼的液體，自口中流入，那流進我口的不像是液體，簡直就是生命，我竟可以睜開眼來了。

我看到至少有四個人在我的面前，其中一個，正將水淋在我的臉上，我立時張大了口，貪婪地吞着他淋下來的水，然後我含糊不清地問：「我在什麼地方？」

一個中年人咬着煙斗，來到我的面前，道：「你在一艘漁船上，你是誰，怎麼會伏在那片死礁之上的？」

我的記憶力已然恢復了，我喘了幾口氣，道：「米倫太太呢？」

那中年人呆了呆，道：「你說什麼？米倫太太？」

「是的，」我連忙說：「在你們發現我的時候，她應該在我身邊的，只不過，她……她早已經死了。」

那中年人搖着頭，道：「我們只看到你一個人，海水不斷捲過你的身子，你緊抱住了一塊礁石，如果你身邊還有別人的話，那麼早就被海水捲走了。」

我呆了半晌，道：「請問今天是幾月幾日了？」那中年人說出了日子，我在那礁石上，昏迷不醒，已有兩天之久了！

我在那礁石上已昏迷了兩天，四十八小時！但是在那四十八小時中，我記憶得的事，加起來不會超過三分鐘，照那中年人這樣講，米倫太太當然是被海水捲走了。

我呆住了不出聲，那中年人又問：「你是什麼人？」

我的腦中混亂到了極點，但是我還是立即回答了這個問題，道：「我是一個很有地位的商人，因為一件意外，我才在海中飄流的，你們如果能將我送回去，我一定致送極其豐厚的酬勞給你們。」

那中年人搖頭道：「這不可能，我們正在捕魚啊！」

我立時道：「我想，我致送給你們的酬勞，大約至少是你們滿載而歸的收穫的十倍，而且，只要是船上的船員，以後有了困難，可以隨時來找我的。」

我還怕他們不信，是以在講完了之後，又補充了一句，道：「因為你們救了我的生命，而我又急於回家去！」

那中年人自然是船長，他在呆了片刻之後，道：「當然可以，我們立時送你回去，但……但……」

我知道他不一定相信我有那麼多錢給他，是以不等他講完，我立即道：「你們不必懷疑，你已救了我，難道我會欺騙你麼？我絕不會食言的。」

那中年人大聲叫着，吩咐着水手，我可以覺出船在快速地航行着。

直到第二天下午，我才能在甲板上走動，我一直佇立在船頭上，望着茫茫的大海。當然，我已遠離那堆礁石了。

我已經確知米倫太太是死了，而且，她已被海水捲走了，我是不是永遠不能得知她神秘的身分了呢？當我站在船頭上的時候，我已然決定，我一回去之後，立時到墨西哥去，去見尊埃牧師。我無法知道米倫太太究竟是什麼人，但是我想那封信一定極其重要。

在見到了尊埃牧師之後，那我就能得知信內的內容了。

我在海中，一共航行了四天，到了第四天晚上，我已可以看到熟悉的燈火，我回家了！這艘船上，一共有七名船員，我們在一處荒僻的地方上了岸，我招待他們住在第一流酒店之中，第二天，我便照許下的諾言，給了他們巨額的金錢作酬報。

第七部

米倫太太的信

我只休息了一天，便帶着那封信，直飛到墨西哥去了。

當我靠着軟軟的沙發上，閉目養神，在高空飛行之際，其實我的心中是十分繚亂的。在我見到了米倫太太之後，我以為可以和她一齊到墨西哥來的。可是，意外的撞擊，使米倫太太喪了生，而且，她的屍體也被海水捲走，一切都在剎那間變得無可追尋了！

在米倫太太給尊埃牧師的那封信中，是不是真能知道她的身分呢？如果不能的話，那麼，她這個人，就將永遠是一個謎了。

飛機在墨西哥市的機場上降落，我在市中休息了一天，租了一輛性能十分優越的汽車，直向南方駛去，我的目的地，自然是那個叫作「古星」的小鎮。

那實在是一段十分艱苦的旅程，更要命的是，我的心頭極之沉重，米倫太太的死亡，雖然和我沒有直接關係，但是她總是死在我身邊的，可怕的死亡，在我的心頭造成了一個化不開的陰影。

我在崎嶇不平的公路上駕車疾馳，沿途吃着粗糙的食物，喝着墨西哥的土酒，自然顧不得來修飾我自己的外表。

是以，當我終於來到了那個叫作「古星鎮」的小鎮上之際，我的樣子十分駭人，以致當我想向一個小孩子問路時，那孩子竟嚇得哭了起來。

事實上，我也根本不必問路，教堂就在小鎮的盡頭，那是一眼可以望到的。白色的尖塔高聳着，在尖塔之上，是一個十字架，我駕着車，直來到教堂門口。

我的出現，並沒有引起鎮上居民多大的好奇，他們只是懶洋洋地望着我，他們的一切動作，都是懶洋洋的，在他們的懶洋洋動作中，可以看出他們對人生的態度，他們當然不滿足目前的生活，可是他們也決不肯多化一分精力去改善他們的生活。

他們就那樣地過着日子，直至老死，看那些坐在門坎上、滿面皺紋的老年人，真不知他們的一生有什麼意義。

我的車子在教堂面前停了下來，跳下車，我走上了幾級石階，在教堂門前停了下來，然後，我推開了門。

那教堂自然不很大，但是一推開了門之後，卻自然而然，給我以一種清新陰涼的感覺，我還聽到一陣風琴的聲音。琴音有好幾個已走了樣，那自然是由一座十分殘舊的風琴所奏出來的聲音了。

我看到有一個人，穿着牧師的長袍，正在教堂的一角，彈奏着那風琴，他背對着我，我一直來到了他的背後，他才緩緩轉過頭來，驚訝地望定了我。

那牧師只不過是三十上下年紀，顯然不是我要找的尊埃牧師了。我問道：「我找尊埃牧師，你可帶我去見他麼？我是從很遠的地方來找他的！」

那年輕牧師望了我片刻，然後十分有禮貌地微笑着，用很柔和的聲音道：「尊埃牧師是一個好人，我們會永遠懷念他的，朋友，你有什麼事，如果尊埃牧師可以為你解決的，我也能夠幫助你。」

他講到這裏，伸出手來，道：「我是葛里牧師，是教區派我來接替尊埃牧師職位的，他已經魂歸天國了。」

那實在是我絕對意料不到的事，我呆了半晌，道：「這……不可能啊，上一期的美洲考古學術雜誌上，還刊登着他的相片，和他幫助考古隊的消息。」

「是的，」葛里牧師的聲音十分傷感，道：「我們都不知道他什麼時候會突然死去，尊埃牧師的死是半個月前的事。」

我苦笑着，我是不遠萬里來找尊埃牧師的，可是他卻已經死了，我並沒有出聲，葛里牧師卻十分客氣，道：「我可以幫助你麼？朋友，可以麼？」我又呆了半晌，道：「我想在這裏住幾天，而不受人打擾，你可以介紹我一個清靜一點地方麼？」

葛里牧師又打量了我一會，道：「如果你是為考古的目的而來的，可以和我住在一起，我對考古也極感興趣，我就住在教堂的後面，很不錯的房子。」

我來回踱了幾步，葛里分明是一個十分有修養的神職人員，我對他的印象十分好，能和他住在一齊，自然不錯，是以我立即答應着道：「如果我不打擾你的話，你看，我一直駕車前來，我的樣子曾嚇哭了一個孩子！」

葛里微笑着，道：「我們不看一個人的外表，我們的職責，是洞察一個人的靈魂，朋友。」

我十分欣賞葛里牧師的談吐，但是他顯然知道如何地關懷別人和幫助別人，我點着頭，道：「尊埃牧師不在了，我想我應先和你商議一件事，可是我想先能洗一個澡。」

他望着我，等我講完，他立時道：「自然可以，你看來十分疲倦，洗澡是恢復疲倦的好方法，請你跟我來。」

他轉過身，向前走去，我跟在他的後面，從教堂旁邊的一扇門走了出去，到了教堂的後面，那是一個大崗子，土坡斜斜向上，我踏在柔軟的青草上，走上了二十多步，便看到了那幢白色的屋子。

然後，我隨着葛里牧師，走進了那幢白色的屋子。

那房子並不大，可是卻給人以舒適之感，葛里牧師將我直接領到了浴室之中，再給我找來了替換的衣服。在半小時之後，我便在他的書房中，面對面坐着，他問我：「你有什麼事和我商議？」

我在考慮着，想怎樣開口才好，因為事情實在太奇異，大複雜了，使我不知如何開口才是最適宜的講法。

我未曾開口，葛里牧師又道：「我想，你要講的，一定是十分不尋常的事？」我點着頭，道：「是的，太不尋常了，你可認識一個叫米倫太太的金髮女子？」

葛旦搖着頭，道：「我不以為我認識這個米倫太太，我是才到古星鎮來的。」

我苦笑着，本來我想說，米倫太太其實不能說是古星鎮上的人，但是我卻沒有這樣講，因為如果那樣說的話，真是說來話長了，我必須從基度如何發現米倫太太說起了。我必須用直截了當的說法。

於是我想了一想，道：「這位米倫太太，有一封信給尊埃牧師，我就是專為送信而來的，現在，尊埃牧師已經不幸死了，你說，我應該如何處理這封信呢？」

葛里牧師考慮了一會，才道：「我想，應該將信退回給這位米倫太太。」

我苦笑着搖了搖頭，道：「那不行，因為米倫太太也死了。」

葛里嘆了一聲，道：「這世上，似乎充滿了不幸，是不是？既然他們雙方都已死了，在天堂中，他們一定能互通信息，我看這封信應消滅了。」

我嘆了一聲，道：「本來應當那樣的，可是我卻想知道這封信的內容。」

葛里牧師皺着眉，道：「朋友，這是犯罪的想法。」

我並沒有出聲，但是我的心中卻在想，這一點，你不提醒我，我也一樣知道的，就是為了那樣，所以我才一直未曾拆閱這封信，但現在是非拆閱不可了！

我並不準備和葛里牧師詳細討論這個問題，我也沒有說服葛里牧師的企圖，因為我感到，在這件事中，葛里牧師可以置身事外，不必再捲入漩渦中。

或許是由於湊巧，幾個和事情有關的人，全都死了，他們是基度，米倫太太和尊埃牧師，現在世上只有我一個人知道米倫太太奇異的身世了。而在看了那封信之後，會有一些什麼事降臨在我的身上，全然不可測知，葛里是一個好人，何必連累他？

所以，我只是笑了笑，道：「你說得對，那是犯罪的想法，現在我不再那麼想了，請指點我尊埃牧師的墳地在哪裏，我要將這封信在他的墳前焚化。」

葛里牧師忙道：「好的，我帶你去，他的墳在——」

但是葛里牧師還未曾講完，我便已打斷他的話，道：「對不起，牧師，你只消告訴我地方好了，我自己會去的——我想單獨去完成這件事。」

葛里牧師呆了一呆，才道：「好的，在鎮附近，有一座石橋，稱作青色橋，尊埃牧師的墳就在橋附近，兩株大樹之下，你一到那裏就可以見到了。」

我向葛里道了謝，走出了他的家，他又指點了我走到青色橋的方向，我便慢慢地向前走去，我堅信那一封信中，米倫太太一定向尊埃牧師述及她的身世，而我實際上，並不準備去將那封信消滅。

我只是準備在尊埃牧師的墳前將信拆閱，讀上一遍，那樣，我的犯罪心理可以得到安慰，因為表面上看來，我是將信讀給尊埃牧師聽，雖然實際上，是我自己想知道這封信的內容。人的行為，有時是很喜歡自欺欺人的，這種可笑的情形，我自己也無法避免。

我走出了沒多久，便看到了那座青色橋了。

橋不是很長，在橋下，是一條已然半乾涸了的小河，橋是用大石塊砌成的，石縫之中，生滿了青草，橋上也長滿了青苔，的確不負了「青色橋」三字。

我雖然是第一次來這裏，但是對這座橋，我卻相當熟悉的，我曾在那本考古雜誌上，看到過這座橋的圖片。這時，在橋下，有幾個婦女正在搥洗衣服，她們好奇地望着我，我也不去理會她們。

我走過了橋，已看到了那兩株大樹，我加快了腳步，來到了樹下，尊埃牧師的墳，只不過是一塊石碑而已。

我在石碑前站定，低聲道：「牧師，我替你帶來了一封信，可是你卻已不在人世了，我想在你墳前將信讀三遍，想來你一定不會反對我的做法吧？」

他當然是不會反對的，因為他早已死了，而我之所以要問那些無聊的話，也無非是想掩飾我自己的不當行為而已，我一面說，一面已取出了那封信來。

自從我在那個頑童手中，搶過那封信來之後，這封信屬我所有，已有好些日子了。這時，我取了這封信在手，準備拆開來，想起我自從得到了這封信之後的遭遇，我在不由自主間，嘆了一口氣。

我用力去撕那封信，我早已說過，那信封是用厚牛皮紙自製的，是以不容易撕得開，當我用力一撕，終於將之撕開時，由於用的力道大，信封向外揮了一揮，「拍」地一聲，一件東西自信封中跌了出來。

我早已知道，在信封中的東西是一柄鑰匙，而且我還在姬娜的口中，知道那是一柄「有翅膀的鑰匙」。

但是我看到那柄鑰匙，卻還是第一次，我連忙一俯身，將之拾了起來。

那是米倫太太最喜愛的兩件東西之一（另一件是那枚紅寶石戒指），是以我必須仔細地審視它。那的確是一柄十分奇妙的鑰匙，它和我們平時使用的鑰匙，看來似乎並沒有多大的不同。

但是，在近柄部分，卻製成了兩隻的翅膀，那自然只是一種裝飾，我們平時使用的鑰匙上有這樣裝飾的，似乎並不多見。我看了那鑰匙大約半分鐘，手指微微發着抖，抽出了那封信來。

那封信相當長，那應該是一封十分重要的信，但是出乎我意料之外，它竟是用鉛筆來書寫的。第二個出乎我意料之外的是，信是用英文寫成的，而字迹十分之生硬拙劣，絕不像出自一個金髮美人之手！

我立時將兩張信紙一齊展了開來，一面看，一面低聲念着，我的聲音愈來愈是走樣，幾乎連我自己，也不認為那是我自己所發出來的聲音了！那自然是因為這封信的內容，實在太古怪的緣故。

以下，便是那封信的全文：

「尊埃牧師，我認識的人不多，除了基度一家之外，就只有你了，而我又早已發現基度對我十分不正常，我之所以無法離開他們，是我實在不想再有別的人知道我存在的緣故，我只好靜候命運的安排——命運已替我安排了一個如此可怕的遭遇！

「我是什麼人？你或許還記得，或許已經忘記了。如果你還記得我的話，你一定還在懷疑我究竟是什麼人的。

「我究竟是什麼人，從什麼地方來，到什麼地方去，不要說你的心中在懷疑，就是我自己，也全然不知道，我一定是在做噩夢，多少日子來，我一直希望那是一場噩夢，希望忽然間夢會醒來！

「如果那真是一場噩夢，而在突然之間，夢醒了，那該多好啊，一切都正常了，我可以和我丈夫，和我的朋友在一起，世界是如此之美麗，生活是如此之歡暢！可是，我現在所經歷的一切，卻不是噩夢！

「愛在夜晚注視天空，想弄明白，我是不是迷失了，是不是迷失在無窮無盡的宇宙之中了，但是我發現我並沒有迷失，我在應該在的地方！

「我是應該在這裏的，一切看來毫無錯誤，可是，我為什麼竟然會進入了一個永遠不醒的噩夢中呢？」

我一直喃喃地念着米倫太太的那封信，念到這裏，我便略停了一停。米倫太太究竟在說些什麼，我仍然不明白，她說她「應該在這裏」，又說她「進入了一個噩夢」，究竟是什意思？

我吸了一口氣，繼續念下去！

「我知道我無法明白這一切的了，因為只剩下了我一個人，米倫先生已經死了——我將他保存着——我也一定會死，或者死亡來臨，噩夢才告終結。

「我托姬娜在我死後將這封信和這柄鑰匙交給你，當你讀到了這封信，和看到了這柄鑰匙之際，你一定會感到莫名其妙，不知道我要你做些什麼。事實上，我要你拿着這柄鑰匙，到火山口去，你只消縋下二十公尺，你就可以看到一扇門。」

我念到這裏，又停了一停，然後，我抬起頭來，再吸了一口氣。

米倫太太的信中，確然這樣寫着：你只消縋下二十公尺，就可以看到一扇門。一扇門是什麼意思呢？

我抬高頭，可以看到那座火山，那火山並不高，而且顯然是一座死火山。在死火山口中，有一扇門，我是不是在做夢呢？還是我只是在讀着一個神經不正常的人所寫的怪信？

但是米倫太太之謎，顯然不是「神經不正常」這一句話所能解釋的，因為和米倫太太一齊存在着，還有許多奇奇怪怪的東西，例如那戒指，那照相機也似的東西，那些錢幣一樣的金屬圓片，那本簿子和簿子中的圖片等等東西，無不是十分神秘的。

火山口中的一扇門，那扇門是通向什麼地方的呢？是通向四度空間的麼？

我心中一面想着，一面繼續去看那封信——那時，我只是看，而不將之念出來，因為我已然失去了將之念出來的勇氣了！

那封信以下是這樣的：

「你可以用這柄鑰匙打開那扇門，然後你便會知道你看到些什麼。我希望你能夠從你看到的東西中，揭露我噩夢之謎，那麼，請別再講給別人知，謝謝你！」

信愈是到後來，字迹也愈是拙劣和潦草。米倫太太是不會沒有足夠的時間的，那當然是由於她心緒極端惡劣的緣故。是以，那封信的最後一段，詞意便十分含糊，即使看了好幾次，也不明白究竟確實指什麼而言。

信後，也沒有署名，我再將那封信看了一遍，將之小心摺好，放在袋中，我的手中緊緊地握着那柄鑰匙，望着那座火山。

尊埃牧師已經死了，現在，我既然讀到了那封信，那麼我自然要用這柄鑰匙，去打開那扇門，去到米倫太太希望尊埃牧師去到的地方。

我慢慢地轉過身，回到了鎮上，我也不再去見葛里牧師，我駕着那輛租來的車子，順着通向火山腳下的公路，疾馳而出。

一面駕着車，一面我不斷地想：基度當年，也曾在這條路上，趕赴火山，結果，他發現米倫太太，站在火山的山坡上。而如今，我能夠發現些什麼呢？

我以十分高的速度，在崎嶇的公路上飛馳，等我來到火山腳下的時候，已經是傍晚時分了。抬頭向山上看去，火山十分險峻，我並沒有攜帶爬山的工具，但是我相信，徒手也可以爬得上去的。

我在山下的小溪喝了幾口清水，便開始向上攀登，十年前火山曾經爆發過，但是卻已沒有什麼痕迹可尋了，野草和灌木滋生着，使我攀登起來，增加不少便利，我在午夜時分，登上了山頂。

月色十分好，在明潔的月色下，我看到了直徑大約有一百公尺的火山口，向下望去，一片漆黑，像是可以直通到地獄一樣。

火山口中並沒有濃煙冒出來，但是卻有一股濃烈的硫磺味道，使人很不舒服。

我甚至於未曾攜帶電筒，是以儘管我的心中十分着急，急於想找到那扇門，用米倫太太的鑰匙打開那扇門，去看個究竟，但是我也無法在漆黑的火山口內，找到那扇門的，是以我只好等待天亮。

我找了一處背風的地方，在一塊很平坦的大石之上，躺了下來，我恰好可以看到山腳不遠處的古星鎮，鎮上只有幾點零零星星的燈光在閃着。

那塊大石十分大，我本來是可以放心睡上一覺而不怕跌下山去的，但是我心中十分紊亂，以致我一點睡意也沒有。我在想，當我打開了那扇「門」之際，我將要踏到一個什麼樣的地方呢？

而且，我在到了那個不知的地方之後，是不是還能夠回來呢？

當我一想到這一點的時候，聯想起來的問題太多了，我想到我的朋友，我的妻子，如果我竟這樣莫名其妙地消失了的話，他們是不是知道我是在那扇奇異的門中消失了呢？

他們當然不會知道，因為沒有人知道我的行蹤，連葛里牧師也不知道。

或許，過上些日子，他們會在火山腳下發現我租來的那輛汽車，但是也決計不會有人知道我是在火山口中消失了！

我反反覆覆地想着，好幾次，竟打消了天亮之後去尋找那扇門的主意，有好幾次，我甚至已經開始向山下走去，決定將這一切，全都忘個一乾二淨了！

但是，我只向山下走了十來步，便又爬上了山頂，而太陽也終於升起來了。當陽光射進火山口之際，我已約略可以看到火山口的大概情形了。

火山口內的岩石，巉峨不平，要攀下去，並不是什麼困難的事情。米倫太太信中說，那扇門離火山上的邊緣，不會超過二十公尺，所以，我想我應該可以在山上面看到那扇門的。

我順着火山口，慢慢地走着。

太陽愈升愈高，火山口中的情形，也可以看得更清楚了，我沿着火山口走到一半時，突然看到了一絲金屬的閃光，那種銀色的閃光，一定是金屬所發出來的！

一看到那種閃光，我立時停了下來，仔細審視着，火山口之內的岩石，奇形怪狀，有的圓得像球一樣，有的像是鐘乳，大都呈現一種異樣的灰紅色。

是以，那種金屬的閃光，看來便十分奪目，我立即看出，它大概有兩公尺高，一公尺寬，我的心中陡地一動。那是一扇門！

那是一扇金屬的門！一定就是米倫太太在她信中提到的那一扇門，也就是我要找的那扇門！本來，我對於火山口會有一扇門這件事，仍然是將信將疑，心中充滿了疑惑的。

但現在，它的的確確在那裏了，那實在是不容我再疑惑的事！

第八部

一扇奇門

我不禁苦笑了起來，我想，每一個人在我如今那樣的情形下，都不免要苦笑的。

那扇門，看來是嵌在火山口的岩壁上，它是通向何處去的呢？是什麼人安了一扇門在這裏的呢？這一切，全是不可解釋的事！

但是，不可解釋的事已經呈現在眼前了，那除了苦笑之外，還有什麼別的辦法？

我看了大約十分鐘，太陽升得更高了，陽光也可以射進火山口的更深處，但自然不能達到火山口的底部，所以向下看去，最底層仍然是一片濃黑，陽光照射的範圍愈是廣，反倒令火山口中，更顯得陰森可怖！

我開始小心地向下攀去，我必須十分小心。因為火山口岩壁上的岩石，是岩漿在高溫之下冷卻凝成的。

在火山口內的岩漿開始漸漸變冷的時候，它會收縮，是以有的岩石，看來是和岩壁連結在一起的，但實際上，早已因為收縮之故，而和岩壁分離了，只不過有極小部分維持着石塊不跌下去而已！

在那樣的情形下，如果我不由分說地踏上去的話，那麼我一定會連人帶石跌下去的了。

我在尋找每一塊踏腳石之前，都用手攀住了我已認為可靠的石塊，用力蹬上一蹬。

我才不過落下了五六公尺，已有好幾塊大石，被我蹬得向火山口底下直跌了下去。

我不知那火山口有多深，但是幾塊大石跌下去，我都聽不到它們落地的聲音。直到一塊足有一噸重的大石，被我蹬了下去，我屏氣靜息地等着，足足等了好幾分鐘，才聽得深得像是已到了地獄的深處，傳來了一下聲響，那聲響空洞得使人發顫。

我足足化了半小時之久，才下落到那扇門前。那扇門是在特別突出的一大塊岩石的上面，像是一個大平台。

我的身子慢慢地移動着，當我終於來到了門邊的時候，我更可以肯定那的確是一扇門了！而且，我還立即發現了那鑰匙孔！

我還看到，那門口本來是有兩行字的，但是卻已經剝落了，變成了許多紅色的斑點，已看不清那是什麼了，我心頭怦怦亂跳，一手攀住石角，一手取出了鑰匙來，向鑰匙孔伸去。

但是，我卻無法打開那扇門來，因為在鑰匙孔中，塞滿了石屑，我取出一柄小刀來，用力挖着塞在孔中的那些石屑，這並不是一件容易做的工作。

我只能用一隻手來工作，腳踏在一塊石塊上，我的另一隻手，必須用來固定我的身子，否則我一用力，就會跌下去了。

我在挖除塞在鑰匙孔中的石塊時，發現了十分奇怪的一個現象。鑰匙孔並不大，但是在孔中的石屑，卻比孔要大得多。

是以我必須先用小刀尖，將石屑用力撬碎，然後才將之一粒一粒弄出來。

大石頭為什麼能走進比它體積小的鑰匙孔中去呢？那只有一個可能，就是石頭進去的時候，並不是固體，而是液體。

也就是說，是岩漿流了進去，在鑰匙孔內，凝結成為岩石，所以才有如此現象的。

我發現了這一點，至少使我對這扇不可思議的怪門，有了一點概念。

我所想到的是：這一扇門在火山口，一定是在那次火山突然爆發之前的事，火山爆發時，岩漿湧了上來，塞住了鑰匙孔！

我費了好久，才算將鑰匙孔中的石塊，一齊清除了出來，然後，我將那柄鑰匙，慢慢地插了進去。

我在插進那柄鑰匙之際，我心情的緊張，當真是難以形容的。老實說，我還感到相當程度的恐懼，我甚至希望那門的門鎖因為年久失靈了，使我打不開那扇門！

如果是那樣的話，那麼，我就可以召集多些人來，用別的方法將門弄開，人多些，總比我自己一個人面對着這一扇神秘莫測的門要好得多了。

但是，我的希望，卻並沒有成為事實，當鑰匙插進去之後，我輕輕地轉動着那柄柄上有兩隻翼的浮雕的鑰匙，只聽得「拍」地一聲響，顯然我已經成功地將那扇門打開來了。

門上並沒有門柄，我只有捏着那柄鑰匙，慢慢地向外拉着，那門漸漸地被我拉了開來。

在門被拉開之際，又有好幾塊石塊，向下落了下去，那些石塊，是在門和門框的縫上的，因為門被我拉開，而使它們落了下來。

當門被漸漸拉開之際，我的全部注意力，都集中在那門的裏面了。

在那一剎間，我的腦中，不期閃過了多少奇奇怪怪的念頭，我想到那扇門裏面，可能是第四空間，那麼我將從此消失在第四空間中，再也回不來了，就像是在汪洋大海中飄蕩的小船一樣。

我又想到，那門裏面，可能是稀世寶藏，就像「芝麻開門」中的那扇門一樣。我腦中古怪的念頭是如此之多，是以，當那扇門拉了開來，我可以看清門內的情形之際，我真的呆住了，因為門內什麼也沒有！

我說門內什麼也沒有的意思，並不是說門裏面是空的，或門內仍然是岩石，在門的後面，是一個小小的空間，像是一隻箱子，或者更恰當地形容說，像是一具可以容納兩個人的升降機！

那「升降機」的四壁、上下，也全是金屬的，和那扇門，是同一金屬，可是，就是那樣一個小小的空間，並沒有其他。

我呆了半晌，又不禁苦笑起來。米倫太太信中所指的門，自然便是這一扇，但是她信中說的那扇門，卻是和她有關的。

我滿以為我只是打開了那扇她說的門，就可以得知她的神秘身分了，但如今，我卻只看到了一個小小的空間，米倫太太如果是和人在開玩笑的話，那麼這個玩笑，開得着實不小！我因為在未曾打開這扇門之前，心中所想的古古怪怪的事情實在太多了，是以看到門內只是一個小小的空間，便大失所望起來。

但是並沒有過了多久，當我的腦中又靜了下來之際，我卻感到，即使門後空無一物，那也是一件十分值得奇怪的事情！

看來，那像是一隻很大的，可以容納兩個人的箱子，那麼是誰將這箱子搬到這裏來，將之嵌在火山口的岩石之中的呢？而且，這樣做的用意又何在呢？

我想着，已然向着「升降機」中，跨了進去，當我站在那「升降機」中的時候，我發現門後，好像有一些文字，為了更好認清那究竟是什麼文字起見，我將門拉攏了些。就在這時，我意想不到的事，突然發生了！

那門顯然是有磁性的，我只不過將門拉近了些，可是一個不小心，「砰」地一聲，那扇門竟關上了，我眼前立時變了一片漆黑！

我不禁大吃了一驚，我被困在這裏，如果走不出去的話，那真是叫天不應，叫地不靈了！

我的第一個動作，便是用力去推那扇門，想將那扇門再推了開來，而且在那一剎間，我已下定了決心，一將門推開，我便立時爬出火山口，離開墨西哥，再也不理會什麼米倫太太了！

可是，我只不過推了一推，還未曾將門推開，我的身子，便突然向下沉去！

我不知道我的身子是如何向下沉去的，因為我眼前一片漆黑，什麼也看不到，我記得我是存身在一塊金屬板上的，我也記得我存身之處，看來像是一具狹小的升降機，如今我既然是在下沉，那麼，它真是一具狹小的升降機了？我下沉的速度十分之快，而且，那是突如其來的，是以在刹那之間，我反而像飛了起來一樣！

那只不過是一分鐘左右的時間，然而，這是如何使人失神落魄的一分鐘！

我終於停止了，那是在「砰」地一聲之後，我的身子只感到一下輕輕的震動。

在那之後，我的身子仍彷彿在下沉着，但實際上那只不過是我的感覺而已，就像一個在船上太久的人，上了岸之後，仍然有身在船上的感覺一樣，事實上，我已停止不再下降了。

我伸手在我的額頭之上，抹了一抹，在那短短的一分鐘之內，我已是一頭冷汗了！

然後，我苦笑了兩下，自言自語道：「如果那的確是一具升降機，那麼現在升降機已停，我應該可以推門走出去了！」

我一面說着，一面用力向前推去。

在我雙手向前推出之際，我心中所存的我可以走出去的希望，不會超過百分之一，但是不寄於太高希望的事，卻往往能成事實的！

我手輕輕一推，竟已將門推了開來！

那時候，一陣新的驚恐，又襲上了我的心頭，剛才我下跌的時間，雖然不長，但是下跌的速度，卻十分之快，那麼，現在我已由這「升降機」帶到什麼地方來了呢？

但不論是什麼地方，我都不能困在「升降機」之內的，我必須走出去！

於是，我仍然推開了門。

門外一片漆黑，什麼也看不到，我並沒有攜帶着電筒，否則，要知道門外是什麼，實在太容易了，但現在卻變成了一項無法克服的困難，因為我的身上，並沒有帶着任何可以發光的東西！

我一手推着門，伸一隻手到門外，四面揮動着，我碰不到任何東西。然後，我伸出右足來，向外面慢慢地踏了下去。

我是準備在一腳踏空之際，立時縮回來的，但是，我一腳竟踏到了實地！

我踏到了實地，那不是什麼四度空間，我是確確實實，來到了一處地方，如果有光亮的話，我將可以立時知道那是什麼地方了！

現在沒有光亮，那也不要緊，我可以憑摸索和感覺來判斷那究竟是什麼所在的。

我在右腳踏到了實地之後，左腳又跨了出去，一面伸出雙手，向前摸索着，我連跨了三步，我的手，突然碰到了一樣東西！

那樣東西一觸的時候，給人的感覺是十分涼的，我肯定那是金屬，我接着，便發現那是一根金屬管子。當我的雙手在那金屬管子上撫摸之際，我又發現那是彎曲的，呈一個椅背形。

當我再繼續向下摸去之際，我發現那的確是一張椅子的椅背，因為我已摸到了那椅子的坐位和它的扶手，我向前走出一步，在那張椅子上坐了下來。

我的眼前仍然是一片漆黑，而我的腦中，卻是一片異樣的混亂。

當我在那張椅子上坐了下來之後，我勉力鎮定心情，將一切事情，都想了一想，我又決定不去想一切事的前因後果，只將如今發生的事歸納一下。

於是，我自己告訴自己：我是用一柄奇異的鑰匙，打開了一道在火山口上的門，進入了一座小小的升降機，降到這裏來的，現在，我坐在一張椅上。

這些事情，歸納起來，十分簡單，一句話就可以講完了，但是接着而來的卻至少有幾十個問題，這張椅子是什麼意思？為什麼會有一張這樣的椅子的？我如今是不是在地獄中，聽候魔鬼的審判呢？

我發覺我自己的手心，在隱隱冒着汗，當我想在椅子的扶手上，抹去我手心的汗時，我發現在椅子的扶手上，有八個突出的物體。全在右邊的扶手，我雖然看不到什麼，但是從我手指的觸覺來判斷，我可以立時肯定，那是八個按鈕！

當我一發現了這一點，我真正躊躇難決了。朋友，任何人和我在同一處境，一定都會有同樣的為難處的。

我根本不知自己在什麼地方，也根本不知那張椅子究竟是什麼來歷，黑暗使得本來已是神秘之極的事，更加神秘莫測！

而那八個掣鈕，當然是各有所用的，如果我能夠知道它們各自作用的話，那麼，我倒不必猶豫了，可是我卻根本不知它們的作用！

它們之中，可能有一粒是令我脫困的，也可能有一粒是會使我所在處爆炸的，更可能有一粒是會令得火山突然爆發的！

或者，我坐着的那張椅子，可能是「時間機器」，那我如果胡亂按下一個鈕的話，我可能去到一百萬年之前，我可不想和恐龍以及劍刺虎去打交道！

又或者，我按下一個掣後，真會使我到達第四空間去！當然，最好的方法，是我根本不去按那八個掣鈕中的任何一個！

但是，難道我一直坐在這椅子上？我又實在必須明白我的處境和改變我的處境！

我的手指，在那八個掣鈕上移來移去，就是沒有勇氣按下去。

而當我的手指在那八個按鈕上不斷移動着的時候，我的手心中，卻不住地沁出冷汗來，以致我好幾次用力將手心在我的衣服下抹着，將汗抹去。

我心中千百次地問自己：我怎麼辦？我該怎麼辦？我呆了怕足有半小時，才突然站了起來，我決定一個掣鈕也不去碰它，我要由那「升降機」上去，從火山口爬出去，再不想起這事件。

但是，在黑暗中摸索着，我卻根本沒有法子弄開那「升降機」的門，是以，在十分鐘之後，我又在那張椅子上坐了下來，和剛才一樣。

我咬了咬牙，在黑暗中，自己對自己大聲道：「不管怎樣，隨便按一個吧！」雖然我聽到的，只不過是我自己的聲音，但是人的心理，就是那樣可笑，聽到了自己的聲音，我的膽子居然大了不少，而且也有了決斷力。

我再不猶豫，也不理會我的手指，是停在第幾個按鈕之上，用力按了下去！

隨着我手指向下一沉，在我的左邊，立時亮起了一團光芒來。

那團光芒是白色的，它十分柔和。但是再柔和的光芒，對一個久處在黑暗中的人來說，都是強烈的。我乍一看到光芒，立時轉過頭去，但是在我剛一扭轉過頭去的一剎間，我卻什麼也看不到。

那一段什麼也看不到的時間十分短暫，接着我便看清楚了，那光芒，是由一盞燈發出來的，那盞燈有一個相當長的燈罩，是以使得燈光變成了一個徑可兩尺的圓柱形，而顯示在那圓柱形的燈光之下的，卻是一個人！

那自然是一個人，他站着，雙手緊貼着身，雙目閉着，他是一個男人，而且是一個偉丈夫，乍一看來，他像是懸空站着，但是幾分鐘之後，我便看清楚，他是在一個透明的圓桶之中的，而那燈光，是從圓桶的頂部，照射下來，罩住了他的全身。

我驚訝得在不由自主之間，霍地站了起來，我的目光定在那人身上，那人是死的，還是活的？是一個真人，還是一個假人？

這些問題，我在刹那間，都無法回答。但是我卻立即肯定了一點！我以前，是在什麼場合之下，見過這個人的，他對於我來說，十分臉熟！

而且，我也立時想了起來，他，就是在那本簿子的圖片中，和米倫太太站在一齊的那個男人！

如果我的推斷不錯的話，那麼，他應該是米倫太太的丈夫，米倫先生！

我又立即記起了米倫太太給尊埃牧師的那封信中的幾句話，她說，她的丈夫死了，她將他保存了起來。米倫先生死了至少有十年了！米倫太太是用什麼方法，將他的屍體保存得如此之好的呢？

我像是中了邪一樣，腳高腳低地向前走去，雖然我明知我每一步，都是實實在在，踏在地上的，但是我仍然感到我彷彿是踏在雲端上一樣。

在事後的回憶中，我甚至無法記起我究竟是如何來到了米倫先生的面前的，我只記得，當我來到了米倫先生的面前，當我揚手可以碰到他的時候，我揚起了手來，但是我卻沒有碰到他。

我的手被一透明的東西所阻，那透明的東西是圓桶形的，我不知那是不是玻璃，但至少手摸上去的時候，和摸到玻璃的感覺不同，它非常之滑，滑到難以形容，米倫先生的身體，就在這圓桶之中。

我也無法回憶起我在那圓桶之前，怔怔地對住了米倫先生究竟有多久。

我只是注意到米倫先生面部的神情，十分安詳，一點也不像一個死人。而他身上所穿的衣服，好像是金屬絲織的，閃閃生光。

我在呆立了許久之後，才後退了一步！

當燈光亮起之際，我首先看到了米倫先生，我的全部注意力，也自然而然，為米倫先生所吸引，我根本來不及去注意別的事。

直到這時，我向後退出了兩步，我才看到，那光線雖然集中照在米倫先生的身上，但是也足可以使我看清楚其餘地方的情形了。

我無法形容我是在什麼地方，但那決計不是山洞，也不像是房間，我像是在一個極大的艙中，它的四面，全是各種各樣的儀表，在我的左邊，是一幅深藍色的幕。

而我在剛才所坐的椅子之旁，另有一張椅子，那椅子之上，放着一頂帽子。

剛才我在黑暗之中亂坐，已將那頂帽子坐扁了。

我還看到，在兩張椅子之前的，是兩座控制台，也有着各種按鈕和儀器。

我看清了這一切之後，不禁發出了一下呻吟聲來，我知道我是在什麼地方了，我是在一艘十分大的太空飛行船之內。

那毫無疑問地是一座太空船，而且我還知道，那是由米倫先生和米倫太太駕駛的。現在，我更可以確知米倫太太口中的「在一次飛行中死亡」的那次飛行，是什麼樣性質的飛行了。

那是星際飛行！

米倫先生和米倫太太，是來自別的星球的高級生物！

當我自以為終於有了米倫太太來歷之謎的時候，我大大地鬆了一口氣。本來，我對米倫太太的身分，對火山的突然爆發，便有着如此的假設的，現在又獲得了證明，自然更是深信不疑了。

我在太空艙中踱來踱去，我知道了那是一艘太空船，對於那些按鈕，自然不再感到恐懼，我反而連續地按下了幾個。其中的一個，令得那藍色的幕，大放光明，那幅幕本來是深藍色的，一放光明之後，變成了明藍色，而且，在幕上還出現了許多金色的亮點，有大有小，有的明亮，有的黯淡。

我再三看了幾眼，便呆了一呆，那是一幅星空圖，我可以立時指出那右下角的特別明亮的一點是太陽，因為有幾個大行星繞着它，那其中的一個，有一個光環，那自然是土星了。

地球當然也在其中，而當我認出了地球之際，我更是疑惑了，因為我看到有一道極細的紅線，自地球開始，向外伸展出去，在那股紅線上，有着表示向前的箭嘴形的符號，那紅線一直越過太陽系，再向前伸展，我可以清晰地辨認出，那股紅線，繞過了幾個大星座。

那幾個大星座是昴宿星座、金牛星座和蜈蚣星座。然後，那股紅線直穿過獵戶星雲，和阿芬角星雲。那個阿芬角星雲究竟有多大，誰也說不上來，科學家曾估計過，如果以光的速度來行進，一萬萬年只怕也穿不過去，但是那股紅線卻在當中穿過！

而且，那股紅線還在繼續向前，又穿過了一大堆我叫不出名堂的星雲，然後，才折了回來。

如果那股紅線是代表着航線的話，那麼它的「歸途」，倒是十分簡單的。它的「歸途」並沒有什麼折曲，幾乎成一直線，自遼遠的天際，回到了地球上。

那股紅線，標明在那樣一幅龐大的星空圖之上，而且又有着箭嘴的符號，我說它是航線，那本來是不必加上「如果」兩字的。

但是，我卻仍然非要加上這兩個字不可，因為事實上，根本不可能有一條這樣的航線的。要完成這樣的航線，以光的速度來進行，也要幾萬萬年。而我們現今知道，用光的速度來行進是不可能的。那麼，這股紅線怎可能是一條航線？

尤其，這股紅線的起點和終點，竟都是地球，這就更令人覺得它的不可能了。

我呆呆地看了半晌，才走近去，我發現那一大幅深藍色的幕，像是我們習見的熒光屏，我不知道那是什麼，但是我卻發現，就在那幕的旁邊，有着一系列的控制掣鈕，於是我隨便按下了其中一個。

像是我們按動了幻燈機的鈕掣一樣，一下輕微的聲響過處，突然，幕上的形象轉換了，那是一幅十分巨大的相片，我要後退幾步，才看得清楚。

而當我後退了幾步之後，我不禁呆住了。

在那奇大無比的「照片」上，我看到一望無際的平原，而站在近處的，則是米倫先生和米倫太太。他們兩人的身上，都穿着奇異的衣服，在頭上，則套着一個透明的罩子，從那罩子上有管子通向背部。

在那巨大的平原之上，是一個極大的光環，那光環作一種異樣的銀灰色。

在右下角，有着好幾行文字，顯然是說明那是什麼地方的，但是我卻看不懂那些字。但我不必看懂那些字，我也可以知道，這是土星！

只有土星，才會有那麼大的光環！那樣說來，米倫夫婦，至少是到過土星上的了！

問題不在於他是不是到過土星，從那艘如此龐大的太空船來看，他們兩人到過土星，那並不是什麼不可以接受的事實。

而問題是在於：他們兩人，是從何處啟程，去到土星的。是從地球麼？那實在太可笑了。

我的腦中十分混亂，我之所以想到他們會從地球啟程的，那並不只是因為那股紅線的起點和終點，都是在地球上。而更因為當我和米倫太太一齊在潛艇上之際，我曾和她談過話。

米倫太太在談話之中，曾向我問及一個十分奇怪的問題，她問我，我們叫那發光的大圓球，是不是叫太陽，然後她又問我那個行星，正是我們的地球，她又說她的確回到地球來了。

從那一番話中來推測，她倒的確是從地球出發的——然而如果她是從地球出發的話，那麼，不是她瘋了，就是我瘋了，兩者必居其一。

我使勁地搖了搖頭，想使我自己比較清醒些，但是我一樣混亂不堪，無法整理出一個頭緒來。我繼續不斷地去按那個掣，每當我按一下那個掣之際，畫面便變換一樣。我看到米倫夫婦，不斷地在各種各樣奇形怪狀的星球之上拍着「照片」。

也有的「照片」，是沒有人的，只是奇形怪狀的星球和星雲，看來他們的旅程，的確是如此之遙遠，以致有些「照片」，看了之後，令人根本看不出所以然來，心中則產生出一股奇詭之極的感覺。

我不斷地按着，「照片」一共有兩百來幅之多，到了最後的一幅，卻令我發怔。

那幅照片上，有許多許多人，大多數是金髮的，有男有女，那是一個極大的廣場，廣場上，則停着一艘銀灰色的太空船。

那艘太空船對我來說，並不陌生，我至少看到它停在古裏古怪的星球之上六七十次之多，我知道，那就是米倫夫婦的太空船。

也就是說，我如今就在這艘太空船之中！

在那「照片」上，那艘太空船，停在空地的一個發射台上，那發射台十分大，倒有點像是巨大的祭壇。而那發射台之旁，全擠滿了人。

在那些人中，其中有一個正在振臂作演說狀，別的人也都像是在聽他講話。那是一個十分壯闊的場面，我想，這大概是那艘太空船起飛之前，留下的照片。

而令我震驚莫名的事是，那「照片」的拍攝時間，已是在黃昏時分了，而在「照片」的右上角，有一個圓形的發光體。

那圓形的發光體，是銀白色的，上面有着較深的灰色陰影，乍看去，像是一株樹。

一個銀白色的圓形發光體，在其中有灰色的陰影，陰影的形狀，像是一株樹，各位，那是什麼？

那是月亮！是地球的唯一的衛星！

第九部

誰是地球人？

每一個地球上的人，自他出生起，就可以看到這個衛星，這個被稱為「月亮」的地球衛星，對任何一個地球人來說，都是熟悉得不能再熟悉的東西，沒有一個人不是一眼就可以認出它來的！

我當然也不例外，所以我立時肯定，那是月亮，那一定是月亮！

而當我肯定了這一點之後，我為什麼大是震驚，也就容易理解了！

因為肯定了那是月亮的話，就得進一步肯定，那「照片」是在地球上拍攝的。因為只有在地球之上，才能看到這樣形狀的月亮，和月亮永遠對着地球的那一面。

進一步肯定了那「照片」是在地球上拍攝的之後，那就更能肯定，那艘太空船，是從地球上出發的。

那也就是說，米倫太太和米倫先生夫婦兩人，根本不是別的星球上的高級生物，他們是實實在在的地球人！

可是，如果他們是地球人的話，為什麼我也是地球人，但是我卻從來未曾見過那樣的太空船？為什麼我也從未見過像米倫太太那樣的金髮美人，而我也聽不懂米倫太太所說的，和看不懂太空船中的文字？

為什麼？難道我倒反而不是地球人麼？

我苦笑着，我的腦中，混亂到了極點，實在不知從哪一方面去想才好。

過了好久，我才想到，那只是一個可能，便是在地球之上，有一個地方，還未被我們所發現，而這個地方的人，科學卻已比發現了的所有地方的人要進步得多，是以他們已可以派出太空船，作遠距的外太空飛行了！

這樣的假設，乍一看來，似乎是唯一的可能了。但如果仔細一想的話，便知那根本不能成立！

因為第一，我們也已有了太空人，太空人在高空的飛行之中，可以作極其精密的觀察，太空人在高空之中，已可以看到地球的每一個角落，地球上已不可能有什麼「迷失的大洲」了。

第二，如果真是那樣的話，米倫太太在又回到了地球之後，為什麼不回到她自己的地方去，而要如此憂鬱地過着日子呢？

我心中所想的這個「唯一的解釋」，顯然根本不是解釋，我不得不將之放棄！

我後退了一步，在那張椅子上坐了下來，我的目光，仍舊定在那幅巨大的「照片」上，我的感覺，如同吞服了迷幻藥一樣，在我眼前出現的一切，似乎全是不可思議的幻境，而不是事實。

過了好久，我才嘆了一口氣：我該怎麼辦呢？

無論如何，我總得先離開這裏！

我離開這裏之後，要將這裏的一切，通知墨西哥政府，而墨西哥政府，一定也會知會美國政府，美國方面一定會派出太空專家來這裏研究這裏的一切的。

我並不是太空飛行專家，我自然無法知道這艘太空船的來龍去脈！可是，我如何離開這裏呢？

我是從那「升降機」中下來的，我自然還得從那裏上去，因為我已發現太空船除了那一道門之外，已沒有別的通道了。

我坐在椅上，四面看看，我看到了那頂放在另一張椅上的帽子，我一欠身，將那頂帽子取了過來。那是一頂太空飛行員的帽子，帽子的邊檐，可以遮住耳朵，而且十分厚，像是裏面藏着儀器一樣。

那頂帽子十分大，我推測是屬於米倫先生的，我當時只是一時好奇，將那頂帽子，向我自己的頭上，戴了一戴，我一戴上了那頂帽子，帽檐便自然而然，遮住了我的雙耳，而也就在那一剎間，我的耳際，突然響起了一種奇異的聲音。

那像是一個人在呼叫，可是，究竟在叫些什麼，我卻聽不懂，那呼叫聲只是翻來覆去，重複着那幾個音節，如果那是一句話，那麼，這呼叫聲便一直是在重複着這一句話。我整個人在不由自主間，已然站了起來，我雙手緊緊地握着拳。那是一句什麼話呢？那聲音自何而來呢？我是不是能和發出這聲音的人通話呢？

剎那之間，我的心中，充滿了問題，我假定那帽子的帽檐之中，藏着類似無線電通訊儀同樣性質的儀器，所以我能聽到那呼聲。

而這頂帽子，本來是米倫先生的，如果是通訊儀的話，那不會是單方面的，一定是雙方面的，換句話說，發出呼號的那個人，應該可以通過儀器，而聽到我的聲音的。

但是儀器在什麼地方呢？

我坐到了放置米倫先生帽子的那張椅子上，在椅子面前的控制台上尋找着，我按動了好幾個掣，其中的一個，使控制台亮起了一幅光幕，但是那光幕上，除了雜亂無章的線條之外，卻什麼也沒有。

我對着一個有着很多小孔的圓形物體，大聲叫着，希望那就是通訊儀器。

但是，我的努力，卻一點結果也沒有，我的耳際所聽到的，仍然是那一句單調的聲音，不停地在重複着，我顯然未能使對方聽到我的聲音。

我幾乎按動了太空船中所能按動的每一個掣，最後，我用力按下了一個紅色的槓桿，我聽到一陣「隆隆」的聲響，那「升降機」的門，竟然打了開來。而另一方面，太空船在發生輕微的震蕩。

一看到那「升降機」的門打了開來，我的心中便是一喜，我挾着那頂「帽子」，向玻璃圓桶中的米倫先生望了一眼，奔進了升降機。

那升降機顯然是一承載了重量，便自動發生作用的，是以我才一站了進去，門便關上，同時，我的身子，已急速地向上升去！

由於上升的速度太快，以致在剎那之間，我腦部失血，感到了一陣昏眩，完全失去了知覺。那絕不是一種舒服的感覺，我的身子，也不由自主蹲了下來，等我恢復了知覺，站了起來之後，我發現上升已然靜止了！

我吸了一口氣，使我自己站得穩定一些，然後，我慢慢地推開了門。

那門一推開，我便看到了深不可測的火山口，而我抬頭向上望去，我看到了萬里無雲的青天！

我上來了，我已離開了那艘在火山口下面的太空船而上來了！

我心情的興奮是可想而知的，我連忙小心翼翼地向外跨去，雙手一伸，抓住了石角，穩住身子。而就在我雙手一伸間，我脅下的那頂「帽子」，便向下直跌了下去，當我低頭去看時，那頂帽子已然看不見了，我根本沒有任何將之接住的機會！

那使我的心中十分難過，因為這頂帽子，可以作為證明，證明在火山之下，有着這樣的一艘太空船在，當時，我所想到的第一件事，便是立即再下去，再取一件東西作為證明。

如果我確然那樣做的話，那倒好了！

可是，我卻只是那樣想，而並沒有那樣做，我心忖，的而且確有這樣的一艘太空船在火山之下，要找到它是很容易的，不必什麼證明，也可以說服人家的。而我則急於將這個消息公諸於世！

我只是停了極短的時間，便開始向上攀去，當我攀出火山口之際，已是黃昏時分了，我絕不休息，立時下山，到了山腳下，夜已深了。

我的車子仍在山腳下，我一上車，便將速度加至最快，向前疾駛，我要盡快趕到墨西哥市去，去向墨西哥政府報告一切。

清晨時分，我到了一個小城市，那裏有小型的飛機，我租了一架飛機，那是一種十分簡單的小型飛機，機上的無線電通訊設備，也簡單得只有到了另一個機場的上空時，才能和機場方面通話。

但是我卻根本沒有選擇的餘地，因為這是我所能獲得的最快的交通工具了。

我在離墨西哥不遠處，停下來加了一次油，又向前飛去，然後，在下午三時，我到了墨西哥的機場，在飛行之中，我早已盤算好了，一到墨西哥市，下了飛機，我第一件事，便是找駐守機場的最高級警官，然後，要他帶我去見墨西哥的內政部長。

我一時之間，也弄不清楚，我發現了那樣一艘怪異的飛船，該向哪一個部門報告才是，但我選定了內政部，我想這大抵是不錯的。

因為那艘飛船，是在墨西哥境內發現的！

當我跨出飛機之際，我幾乎立即見到了那位留着小鬍子的高級警官。那是因為機場方面接到了我要求降落的通訊之後，便立時通知那位警官的。一個外國人，獨自駕駛着一架飛機，自危地馬拉的邊境處飛來，這件事，自然是太不尋常和引人注意一點了！

是以，我飛機才一停定，一輛吉普車，便已載着那位警官和他的四名部下來到了。

我不怪他們，這是他們的職責，而不是他們大驚小怪，可是我卻也着實不敢恭維那小鬍子警官的態度，他簡直不聽我說什麼，便對我和那架飛機，展開了極其嚴密的搜查，足足費了一小時之久。

他當然搜查不出什麼來，當他搜查不出什麼來的時候，他才想起，我是人，他也是人，我們是可以交談的，他可以問我問題！

於是，他轉動着警棍（花式有五六個之多，十分美妙），來到了我的面前，道：「你來作什麼？」我直截了當地回答他，道：「我是來見你們的內政部長的。」

小鬍子警官嚇了一跳，道：「你是部長先生的朋友？」

我搖頭道：「不是，但是我——」

小鬍子警官又自作聰明地打斷了我的話頭，道：「我知道了，你是想投訴在機場的待遇，但是全部是合法的。」

我苦笑着，道：「你又弄錯了，我絕沒有那樣的意思，我要見你們的內政部長，是因為我有一個對你們國家十分有利的消息，要向他報告！」

小鬍子警官笑了起來，道：「原來那樣，好，好，我替你去聯絡一下。」

他走上了吉普車，我也老實不客氣地跟了上去，車子駛進機場大廈，我又跟着他來到了他的辦公室。

墨西哥市可以說是世界上最可愛的城市之一，但是那位小鬍子警官，卻殊不可愛。

他拿起了電話之後，先和機場的電話接線生，又講又笑，足足講了十分鐘，大吃豆腐，我可以在電話筒中聽到女接線生「咕咕」的笑聲。

然後，電話大約接通到內政部了，對內政部的接線生，小鬍子警官倒是規規矩矩的，然後，又通過了許多人，許多人問他是什麼人，而小鬍子警官便不厭其煩地將他自己的身分和我的要求說上一遍。

我在一旁，實在等得冒火了，忽然聽得小鬍子警官大叫一聲，道：「行了！」

我連忙停止了踱步，道：「我們走！」

可是他卻瞪着眼望定了我，道：「到哪兒去啊？」

我一呆，道：「你說，『行了』，不是內政部長已答應接見了我麼？」

小鬍子警官笑了起來，道：「當然不是，但看看——」他向壁上的鐘指了一指：「已經五點零一分了，下班的時間到了，明天再說吧！」

我本來已經夠冒火的了，一聽得小鬍子警官那樣說法，我陡地跳了起來，真如同舊小說中所寫的那樣：「怒從心頭起，惡向膽邊生」，我托地跳到了那小鬍子警官的面前，向着他的下頰，兜下巴便是一拳！

人在盛怒之下做的事，一定是最愚蠢的，我兜下巴打了那小鬍子警官一拳，自然使那位警官以後和女接線生打情罵俏之間，可能因發音不清而有些障礙，因為我使他的兩顆門牙，脫離了牙牀。

但是，這一拳，卻也使我進了監獄！

我在硬板牀上轉側着，過了一夜，那滋味實在不好受，尤其是在墨西哥市的監獄之中，因為墨西哥市林立着五星級的大酒店！

第二天中午，法官判決下來，我被罰了一筆錢，總算還是上上大吉，我一離開法庭，便立時直趨內政部，要求謁見部長。

像我那樣要求的一定不多，尤其是一個外國人。是以我在一個個辦公室中，被推來推去，那些科長、處長以及說不出名堂來的官員，像欣賞一頭怪物一樣地欣賞着我。

好不容易，遨遊了許多關，我總算見到副部長了。

副部長宣稱，部長正在參加內閣會議，根本不能接見我，而他則是我所能見到的最高級官員了。對於這一點，我倒也沒有異議，部長和副部長，沒有什麼分別，反正我是懷着一片好意，來將我的發現，報告給墨西哥政府知道的就是了。

於是我向這位副部長敘說我的發現，我開門見山說，我發現了一艘極龐大的太空船，這太空船是十年之前，降落在墨西哥市境內的，太空船來自何處，還是一個謎，但這件事，定當轟動世界。

副部長十分耐心地聽我說着，我說得極其簡單扼要，並向他指出，那艘太空船十分完整，其中的一些儀器，全是無價之寶，副部長聽得我那樣講法，自然更加聽得大有興趣起來。

是以，當我的敘述告一段落之際，他連忙問我：「那艘太空船在什麼地方？」

我道：「在一座火山的火山口之下。」

「一座火山口下面！」副部長高叫了起來。

我對他的高叫，並不覺得奇怪，因為那是正常人的正常反應。任何人聽說在一座火山的火山口下面，有着一艘太空船，他都會那樣高聲叫起來的。

但這時，我必須令得副部長相信我所說的話，是以我竭力令得自己的聲音，聽來十分誠摯，我道：「是的，副部長先生，是在一個火山口下，有一座升降機，是通向太空船的，而那升降機的門，是在火山口的內壁之上，我已經進去過一次了。」

副部長用一種十分異樣的眼光望定了我，但是由於我說得十分之肯定，是以他的臉上，多少帶着一些無可奈何的神情，他攤開了雙手，向他背後牆上張貼着的墨西哥大地圖，指了一指，道：「好，那火山在什麼地方，請你指給我看——」

他講到這裏，頓了一頓，然後又解嘲也似地笑道：「我倒真希望我們會有震驚世界的發現！」

我絕不介意他話中的譏諷意味，因為他能夠耐着性子聽完我的敘述，這一點，已然令我十分感激他了。

我繞過了他的辦公桌，向前走去，來到了牆前，我在地圖上找到了古星鎮，然後，我輕而易舉地找到了那火山，直到這時，我才知道那火山有一個十分古怪的名稱，它的名稱，意譯是「難測的女人」。

我想，這火山之所以會獲得「女人」的名稱，大概是由於它的爆發十分沒有規律，隨時隨地會發生，就像女人的脾氣一樣之故。我的手指，指在女人火山上，回過頭來，道：「就是這個火山，它原來叫難測的女人山，你只要派人去，我可以帶隊，我們可以一齊進入那太空船，說不定還可以將太空船弄上來，那就——」

我只講到這裏，便突然自動住了口。

那並不是副部長搶着說話，或是用什麼手勢打斷了我的話頭。

我之所以突然住口，不再向下講去，全然是因為我突然發覺，如果我再向下講的話，一定有什麼不可測的惡果會發生了！

而使我發覺了這一點的，則是副部長先生的臉色。他的臉色，愈來愈是難看，當我自動停口時，他臉上已然變成了豬肝色！

而他的雙拳，緊緊握着，他雙眼瞪着，上唇掀露，現出了兩排白森森的牙齒，就差他的眼中沒有冒火，頭上沒有出煙了！

我住了口之後十秒鐘之內，副部長仍然用這樣的神情瞪定了我，我實在忍不住了，我不得不問道：「副部長，我可是有什麼地方，說得不對麼？」

副部長上下兩排白森森的牙齒，突然張開，接着，自他的口中，便噴出了一句粗俗不堪，令我無法轉述的話來。然後，他發出一連串的咒罵。那種咒罵，即使是市井無賴在盛怒之際，也不肯發出來的，但是它們卻像是泉水一樣，滔滔不絕地自副部長先生的口中，流了出來，向我兜頭兜腦，淋了下來。

完全給他弄糊塗了，以致在開始兩分鐘之間，我竟全然不知道還擊，但是我總算在兩分鐘之後，恢復了還擊的能力，我大聲回罵着他，同時責問他道：「你放那一連串的屁，算是什麼。我看你的樣子，像是一隻被踩痛了尾巴的癩皮狗！」

副部長更加咆哮如雷，道：「你才是癩皮狗，我應該將你關進黑牢中去，你這該死的瘋漢，你竟敢這樣子來戲弄我，你的……」

接下去，又是一連串的粗俗俚語，我大力在他的桌上一拍，「叭」地一聲響，令得他的話停了下來。我道：「我將這件事來告訴你，全是為了一片好意，你可以不信，但不必像瘋狗一樣亂吠！」

副部長向我揮着拳，道：「你是我一生之中見過的最大無賴！」

我立時冷笑着回敬他，道：「那一定是你從來也不照鏡子的緣故。」

副部長握着拳，看樣子是想打我，但是突然之間，他轉過身，拉開了一隻抽屜，自抽屜中取出了一大疊報紙來，用力摔在桌上，罵道：「看，用你的狗眼，看看清楚，再來和我說話！」

我不知道他那樣做是什麼意思，但是我還是低頭向報紙看去。而一看之下，我不禁呆住了。那報紙的頭條新聞是：「女人火山，突然爆發，岩漿自火山口湧出，破壞接近火山的公路。」

不但有着標題，而且也有圖片，更有女人火山位置指示的地圖！

第十部

徹底的迷失

我低下頭去，看着內文。內文說：女人火山是突然爆發的，古星鎮的居民在聽到了隆然巨響之後，火山口噴出來的烈焰，已染紅了半邊天。

我也看到了新聞內容中記錄的火山爆發的時間，那是我離開火山口之後的五小時，當時，我正在盡一切可能，趕到墨西哥市來，根本未曾有時間看報紙和聽任何的廣播，是以絕不知道這件事。

我站着發呆，現在，我自然明白為什麼副部長突然之間大發雷霆了。

女人火山的爆發還未停止，我卻叫他帶人到女人火山的火山口下面去尋找那艘太空船！

當我看完了那段新聞之後，我已變得完全沒有話可說了，我說什麼好呢？本來，我的話，是輕而易舉可以得到證明的，只要一到女人火山的火山口，就可以看到那扇門了，為了方便，我將那鑰匙留在那扇可以直通火山底太空船的門口。

但是現在，女人火山又爆發了，大量岩漿湧了上來，必然將那門蓋住，而且，火山底部的變動也必然使太空船再向下沉去，那也就是說，再也沒有人能找到那太空船了，除非能將整座火山移去。

那也等於說，我剛才向副部長講的話，全都變成了毫無佐證的謊言，而且可以說，是世界上最無恥的謊言！

看到我低着頭，默不出聲，副部長的怒意，似乎也稍為平息了一些，他冷笑了一聲，道：「外國朋友，你還有什麼話好說？」

我抬起頭來，苦笑了一下，道：「沒有，我完全沒有什麼可以說的了……不，還有一句話，是我一定要說的，副部長先生，你想，我是如此愚蠢的人？愚蠢到了揀一個正在爆發的火山，來編我的謊言？」

副部長聽得我那樣說，臉上的怒意，也漸漸地褪了。那證明他是一個十分明理的人，因為在聽到了我的敘述之後，大為惱怒，那是人之常情，但要在惱怒之中，聽出我的話不無道理，那卻並不是容易之事了。

我嘆了一聲，我已準備放棄了，因為我已沒有了證據，我再也找不到那艘太空船了，還有誰肯相信我的經歷？還是別再説下去的好！

是以我向副部長鞠了一躬，道：「對不起，副部長先生，恕我打擾了你，你別將我剛才所講的話放在心上，就當我沒有説過好了。」

副部長發出寬恕似地一笑，道：「我知道，有時，人是會突發奇想的！」

我沒有別的話可説，只是苦笑着，慢慢地走向門口，副部長在我將要拉開門的時候，忽然叫住了我，道：「請停一停，先生。」

我站住，轉過身來。副部長笑着，道：「對不起，我有一個十分可笑的問題想問你，但是我卻希望你對我的問題，能有真誠的回答，你肯麼？」

我向副部長攤了攤手，道：「請問，我對於任何問題，都是十分樂於回答的。」

副部長直視着我，道：「你剛才所説的，有關那太空船的一切，可是真的麼？」

我也絕想不到他會問我這樣的一個問題！

我怔了一怔，反問道：「如果我說一切全是真的，你可會相信我的回答麼？」

這一次，輪到副部長來苦笑了，他搖着頭，當然是他無法回答我的反問，是以他揮了揮手，道：「再見，衛先生，我想我不應該向你問這個問題的。」

我聳着肩，走了出來，當我走過了長長的走廊，推開了大玻璃門，又走過了那鋪滿彩色的碎石的廣場之後，我在一株樹下，停了下來，我倚樹而立，我要使自己好好地靜一靜，將整件事再想一想。

本來，事情已然到結束階段了，但是「女人」火山的爆發，只怕又使事情擱下來了。

當然，我還保有那日記本，姬娜和基度太太，也可以證明米倫太太的存在，還有，我那批老古董朋友，他們也保有那一批古董。

可是那一切，卻是能說明米倫太太是謎一樣的人物，而絕不能就此證明她是由一艘極大的太空船來的。知道那艘太空船的只有我一個人，而我卻失去了一切證明！如果我不遺失那頂「帽子」，情形多少會有一些改變，又或者火山不爆發……

我惘然地想着，但是卻想不出什麼究竟來。忽然之間覺得我周圍的人，似乎起了一陣騷動。我連忙抬頭去看，只見一輛十分漂亮的美國大跑車，在陽光下駛了過來。即使墨西哥市是一個極現代化、極美麗的城市，那樣豪華的車子也是不多見的。

而且，車主人像是有意炫耀新車一樣，將車子駛得十分慢，我一眼就看到駕車的是一個珠光寶氣、醜得難以形容的女人。

由於她的珠光寶氣，我幾乎不敢認她，但是由於她那種特殊的醜陋，是以我立時認出她是基度太太！

更使我肯定她是基度太太的，是她身邊的姬娜。姬娜本來就是一個極其美麗的小姑娘，這時，她穿着一件白色的紗裙，坐在那麼豪華的車子上，看起來，簡直就像是一個公主一樣。

我一看到姬娜，就忍不住揚手招呼她。但是我的手最終卻沒有揚起來，我在剎那間，心中想：這件事，讓它結束了吧。它是由一輛美國大房車引起的，就在我看到姬娜和她的母親坐美國大跑車時結束了它吧！

我又不準備再在墨西哥逗留，而且，我知道，我給基度太太的那筆錢，使得基度太太生活得十分好，那我何必再去打擾她們呢？

美國大跑車駛了過去，也離開了那廣場，到了酒店中，痛痛快快洗了一個澡，睡了一覺，和白素通了一個長途電話，然後，我留意着報章、電台、電視上對「女人」火山的一切報道。

從電視的新聞片來看，「女人」火山的爆發，十分劇烈，而且暫時還沒有停止的迹象，是以我在墨西哥市，又住了兩天，便啟程回去了。

我在回家之後，出乎意料之外的是，家中已有了五六封姬娜的來信，表示她十分想念我，並且質問我，為什麼我說到墨西哥來的，卻又不來。她還說她現在的日子過得十分快樂，她還寄來了許多相片，其中包括她坐那輛美國大跑車的照片在內。

從她信中流露的真情看來，我不禁十分後悔那天在墨西哥市的街道上，竟未曾招呼她！

這時我的後悔，只不過是後悔失去了一次和姬娜見面的機會而已。而當半個月後，我再度前赴墨西哥，想和姬娜會晤時，我才感到了真正後悔，因為基度太太已被謀殺，而姬娜不知所蹤了。

我曾花了很多心血，託了很多人，在整個墨西哥尋找姬娜的下落，但是卻沒有結果。一直到好久好久以後，我才又在另一件奇異的故事中見到了姬娜，但那並不是「奇門」的故事，是以約略提一提就算了。

我那批老古董朋友一聽說我回來了，忙不迭將我拖到他們的俱樂部中。

在我離家期間，他們幾個人，廢寢忘食，在研究他們得到的，本來屬於米倫太太的那些東西。但是卻研究不出所以然來，因為據他們所知，在地球的歷史上，從來也未曾出現過那樣的東西！

我本想告訴他們，這些東西原來的主人，是乘坐一艘太空船來到地球上的，那些東西，根本不是什麼古董，也可能根本不是地球上的東西。

但是我卻沒有那樣說，因為他們得到那批東西，是花了相當代價的，而他們的目的，是想得到一批古董。凡喜歡古董的人都知道，古董的最大趣味，是給你去考據，證明它是一件古董。在考據中，在尋求證明中，可以產生無窮的樂趣。等到證明那的確是一件古董之際，反倒有興味索然之感了，何況我的話，將說明那些東西，根本不是什麼古董，真還是不說為妙了！我在十個月後，又來到了墨西哥，那是我知道，「女人」火山在噴發了三天之後，已靜了下來，而且，到了那時，可以接近了，墨西哥政府已派了一隊火山勘察隊，接近火山口，觀察它何以突然爆發的原因。這個勘察隊，並且邀請國際火山學會派出專家去參觀。我的「法道」總算廣大，這一次我去，是弄到了一個「火山專家」的身分前去的。我們全都受到了墨西哥政府熱烈的款待，當那個小鬍子警官看到我昂昂然走進貴賓室之際，他臉上的那種表情，是我一輩子也忘不了的，我當時甚至忍不住哈哈大笑！

第二天，由墨西哥乘坐專機，又轉搭直升機，我們一行有三十多人，大型直升機將我們載到火山腳下。我的同伴沿途敲取岩漿凝成的石塊，放在背囊中，作為研究之用，但是我卻心不在焉，直衝山頂。

我來「女人」火山的目的，絕不是研究「女人」火山為什麼會爆發，而是想到火山口去看看，究竟是不是還可以看到那扇通向太空船的門！

所以，在這許多人中，我是第一個到達火山口邊沿的。我到了火山口邊沿之後，才知道這次火山爆發是如何之猛烈，因為幾乎連整個火山口的形狀都改變了。

我還是不能十分接近火山口，因為還有煙在噴出來，但是我不必十分接近，我便可以肯定，我再也找不到那扇門了。那扇門，那升降機，那太空船，都已被埋在火山之下，永遠也不會和人們見面了。

我呆立在火山口之後很久，才有別的火山專家爬上來。然而等到他們上來之後，我卻又下去了。我甚至不再在「女人」火山多逗留，便回到墨西哥市。

從墨西哥市，我到了美國，在美國，我和我一個極好的朋友相晤。這位朋友，由於他的工作十分重要，我只能以「他」字來稱呼他。

我之所以要和他會晤，是因為他有極其豐富的太空知識和天文知識，他是這方面的權威。

他的屋子在湖邊，十分寧靜，我們會面之後，坐在舒服的椅子上，喝着他親手煮的咖啡，我們談了整整一夜。這一夜談話，我自然記述在下面，那作為結束「奇門」這個故事，是再好也沒有了。

我首先將所有的所有的經過，完全講給他聽，自然是從我如何駕車閃避那隻癩皮狗，以致和女人駕駛的大房車相撞開始，一直到第二次來墨西哥，尋找姬娜沒有着落為止。我講得十分詳細，尤其是有關那艘太空船內部的情形，更尤其是那幅巨大的「圖片」，以及那幅星空圖上的那股紅線。

他一直靜靜地聽我說着，等我講完，他才道：「那麼，你心中有着什麼疑問呢？」

他的話，不禁令我呆了一呆，我有什麼疑問？我的疑問太多了，以致我不知道哪一個問題才是我首先該向他發問的。我呆了片刻，才道：「我講的一切，你是相信，還是不相信？」

他嘆了一聲，站了起來。他的神情十分之激動，以致他在放下咖啡杯的時候，由於手在發抖，是以將咖啡灑了好些出來。他在站了起來之後，又來回踱了幾步，才道：「你要我相信的話，我就相信。」我做手勢，以加重我的語氣，我道：「不是我要你相信，而是你必須相信！」

他又嘆了一口氣，道：「好的，我相信。」

我向沙發背上靠了靠，道：「好，那麼，以你的知識而論，那艘太空船，以及太空船的駕駛者，米倫先生和米倫太太，他們究竟來自何處？」

他攤了攤手，道：「衛斯理，你這個問題，實在是多餘的，他們來自何處，你比我清楚。」

我搖着頭，道：「不，我不清楚，我如果有了答案，我也不會來見你了。」

他不出聲，只是走到了窗前，將窗簾拉了開來。那天晚上，恰好是月圓之夜，窗簾一拉開，我就看到了那明亮皎潔的月亮，我已經想到他要說什麼了。

果然，他望着月亮，道：「你在那艘太空船之中，看到了許多的圖片，絕大多數，都是只有米倫夫婦兩人，是不是？」

我點着頭，道：「是的，還有一些，是沒有人，只是奇形怪狀的星球。」

他又道：「可是最後一幅卻有許多人，你形容那幅圖片，像是一個熱烈和盛大的歡送場面。」

我又點了點頭，道：「是的。」

他苦笑了一下，道：「而你在那幅圖片的右上角，看到了和如今這個一模一樣的月亮？」

我再度點頭道：「是的！」而我立即又問他，道：「你的意思是，米倫先生和米倫太太，以及那些迭行者，全是地球人？和我們一樣的地球人？」

他停了下來，不再踱步，只是望着我，道：「衛斯理，你最大的缺點，是你接受嚴格的科學訓練的機會不夠多，你——」

我揮着手，道：「我不是來聽你教訓的，我只是問你，你是不是肯定他們是地球人！」

他道：「你別打斷我的話頭，你聽我說。由於你未曾經過嚴格的科學訓練，所以你這個問題是不科學的。在科學上，要肯定一件事，必須有許多資料，構成一種確切不移的證據，才能作出肯定，但是如今我卻是聽了你的一次敘述而已。」

我十分沮喪，道：「這樣說來，我是白來看你了，你一點也不能給我什麼幫助！」

他又搖着頭，道：「不是，我可以提供給你資料，我可以告訴你，到現在為止，天文學家發現有衛星的星球並不多，而只有一個衛星的星球更少，而且，天文學家也沒有發現有任何星球的衛星，是有着月亮同樣的陰影的，這就是我能幫你忙的地方。」

我苦笑着，道：「那有什麼用呢？」

「當然有用，那說明，你看到的，可能就是月亮，而米倫夫婦，可能是地球人。我們可以將這種可能，視為一種假定，而在假定的基礎上去討論這件事，而不是貿然肯定這件事，這才是科學的態度。」

「好的，那麼如果他們是地球人的話」，我也學會了所謂「科學的態度」：「可是疑問就接着而來了，難道我們反倒不是地球人麼？你知我們從來也未曾聽說過他們，也未曾聽說過有這樣的太空船遨遊的壯舉。」他沉默了好一會，才道：「宇宙的奧秘，實在太深湛了。」

他嘆了一口氣，道：「宇宙的奧秘，深湛到了不但人永遠無法了解，而且無法想像，現在我們已知道了速度和時間的關係，你想，米倫先生和米倫太太如果是地球人的話，他們有可能是在我們幾千年、甚至幾萬年以後的地球人！」

我吸了一口氣，道：「你的意思是，他們在他們的時代出發遨遊太空，但是在飛行中卻產生了什麼意外，以致他們回不到他們的時代，而當他們回到地球的時候，卻是在我們的時代之中？」

他點着頭，道：「不錯，正是這個意思。」

我呆了半晌，這是如何可怕的一件事，一對夫婦，去進行舉世矚目的太空飛行，但是當他們飛行回來之際，丈夫意外喪生，妻子走出太空船一看，世界竟全變了。她是在地球上；她是來到太陽系中九大行星之一，離太陽距離第三的星球上了，但是，那星球卻不再和她有任何關係，星球上的人看來仍和她一樣，但是卻完全不同了，她變成了孤獨的一個人！

這是如何可怕的事情，任何人如果遇到這樣的事，都會整日坐着，一聲不出的了。可憐的米倫太太，她那十年的光陰，是在什麼痛苦的情形之下度過的！

在我發呆的時候，我的朋友也不出聲，我們保持了十分鐘的沉默，他才道：

「剛才我所說的，只不過是一個可能，另一個可能是，他們——米倫先生和米倫太太，是我們之前幾百萬年，或是幾千萬年的人。」

我瞪大了眼，愕然地望着他。

他則繼續道：「朋友，你自然知道，地球的年齡，已有幾十億年，但是人類可以追查的歷史，卻不過幾千年，就算連人猿一齊計算在內，也不過一千萬年，你以為在這一千萬年以前好幾十個一千萬年中，地球上會是一片空白麼！」

我呆住了不出聲，他連吸了好幾口煙，他手上的煙斗，發出「滋滋」的叫聲來，然後又道：「在地球形成之後，既然地球上的環境，是適宜於生物生長的，為什麼要幾十億年之後才出現高級生物？為什麼早不能有高級生物出現？」

我苦笑着，道：「如果在地球上，我們這一代人之前，早就有了人，那麼，他們到哪裏去了？」

他繼續吸着煙，然後道：「那我怎知道？不要說那是幾億年之前的事，就是幾千年前的事，我們也無法知道！我問你，印加帝國哪裏去了？墨西哥的馬耶文化何以突然消失了？原來居住在中南半島吳哥城中，那些具有高度文化的人，又哪裏去了？」

我瞠目不知所對，這一切事，在整個地球的年齡而言，都不是發生在十分久之前的事，但人類已無法知道這些事的真相了。

他停了半晌才又道：「等我念一段記載給你聽聽，你仔細聽着！」接着，他便用緩慢的聲調念了起來，道：「濃煙升起，像是幾千個太陽聚在一起燃燒，接着，所有的一切全被黑暗包圍，然後雲朵直衝向高空，現出血一樣紅的顏色，整個大地都在火中燃燒……在幾天之後，所有人的頭髮和指甲都無故脫落，雀鳥的羽毛變成白色，鳥爪發出連串的水泡……」

他念到這裏，略停了一停，道：「你聽來，這一段記載，是形容什麼的？」

「當然是核子戰爭！」我毫不猶豫地回答。

他苦笑了起來，道：「但是，這一段記載，卻是在人類已知的書籍中，最古老的印度梵文史詩『摩訶婆羅多』之中的。你說那是核子戰爭的景象，但卻記載在那麼古老的典籍之中，那是什麼原因？」

我自然無法回答他的問題，他剛才念的那一段記載，十足是核子武器爆炸之後的情形。

那麼，是不是在很久之前，地球上已經有過核戰爭，而那次核戰爭，毀了米倫太太那一代的人類呢？我一樣答不上來，因為我們連自己這一代的事，也未能全都知悉！

那麼，我們有什麼法子知道更早的事情呢？

他的聲音更是沉緩了，道：「從我們的知識來看，只有一個假設更可能，中國人早就有『山中方七日，世上幾千年』的傳説，在高速的太空飛行中，速度和時間起了變化，太空飛行家在太空飛行中眨了一下眼睛，在太空船之中，時間只不過是百分之一秒，但是在地球上，可能已過去了好幾個月了。」

他那時所說的，正是愛恩斯坦「相對論」理論中的一部分，我只是靜靜地聽着。

他又道：「照你看來的情形，米倫夫婦的旅程十分遠，他們在太空飛行，地球上的歲月如流，可能已過了幾萬萬年，他們的那一代人，早已因為不可知的原因而覆亡了，地球上出現了新的人、新的文化，已和他們是完全無關的了，他們回到地球上，等於是來到了第二個星球上一樣，但是他們的心情，卻比到了第二個星球更痛苦，在第二個星球上；他們還能設法回地球去，而如今，他們已然回到地球上，但他們失落了，他們再也找不到他們的時代了，他們徹底迷失了！」

我苦笑着，道：「不錯，你的分析很有道理，你所說的兩個可能，都有它的道理，米倫太太也知道她回到了地球，她曾對我説過她回來了的！」

我的朋友沒有說什麼，只是慢慢的向外踱去，我跟在他的後面，我們出了門口，夜十分之靜，我們一齊抬頭向漆黑的天空望去，天上繁星點點，孕蘊着無窮的奧秘，我們——生活在其中一個小星球上的生物——想徹底明白宇宙的奧秘，不是太不自量力了麼？

（全文完）

衛斯理小說典藏版　58

奇門

作　　者：　衛斯理（倪匡）
責任編輯：　黎倩雲　　陳桂芬
封面設計：　李錦興
出　　版：　明窗出版社
發　　行：　明報出版社有限公司
　　　　　　香港柴灣嘉業街18號
　　　　　　明報工業中心A座15樓
電　　話：　2595 3215
傳　　真：　2898 2646
網　　址：　https://books.mingpao.com/
電子郵箱：　mpp@mingpao.com
版　　次：　二〇二二年八月初版
I S B N：　978-988-8828-04-3
承　　印：　美雅印刷製本有限公司

© 版權所有・翻印必究

本書之內容僅代表作者個人觀點及意見，並不代表本出版社的立場。本出版社已力求所刊載內容準確，惟該等內容只供參考，本出版社不能擔保或保證內容全部正確或詳盡，並且不會就任何因本書而引致或所涉及的損失或損害承擔任何法律責任。